光文社文庫

二十年目の桜疎水

『桜疎水』改題

大石直紀

光 文 社

目次

おばあちゃんといっしょ

プロローグ

おばあちゃんは詐欺師だった。

映画やテレビドラマに出てくるような、瞬く間に大金を稼ぎ出す詐欺師ではない。おばあちゃんが手にするのは、一度の詐欺でわずか百七十円。それが一時期、私とおばあちゃん二人の生活を支えていた。

おばあちゃんの「仕事場」は、京都市内にある橋の上だ。ただし、繁華街の真ん中にあって、警察が目を光らせている三条大橋や四条大橋などではない。おばあちゃんは、街の中心地から離れた、さほど人通りが多くない、長い橋を選んだ。

中でもお気に入りだったのは、三条大橋から二キロ余り鴨川《かも》を北上したところにある賀茂《かも》大橋。この橋の上からは、「五山の送り火」で有名な大文字山《だいもんじやま》と、比叡山《ひえいざん》が一望できる。橋のすぐ北側には下鴨《しもがも》神社、西には京都御苑があり、周辺には観光客の姿も目につく。

長さ百五十メートルほどのこの賀茂大橋を、おばあちゃんは、小さなキャリーケースを手に、片足をわずかに引きずりながら三十分以上かけて往復した。そして、すれ違う人全員に声をかけた。

——すいません。

ようやく聞き取れるほどの声、すがるような表情——。誰もが一瞬おばあちゃんの顔に目を向ける。

大半の人はそのまま通り過ぎる。でも、立ち止まる人もいる。

すかさずおばあちゃんは続ける。

——財布を落としてしもたんです。中には大したお金はなかったし、大事なもんも入れてなかったんで、それはどうでもええんですけど、家に帰るお金がないんです。バス代の百七十円だけ貸してもらえないでしょうか。

身に着けているセーターには毛玉が浮き出し、靴もすり減っているが、おばあちゃんから不潔な感じはしない。化粧っけはなく、表情も暗いが、よく見ると上品な整った顔立ちをしていることもわかる。

おばあちゃんは決して物乞いには見えない。そこが狙い目なのだ。

ひと通り話したあと、おばあちゃんは黙って相手の反応を待つ。

舌打ちして去って行く人もいれば、交番に行くよう言い聞かせてから歩き出す人もいる。

そして、金を差し出す人もいる。

四歳のとき、私はおばあちゃんと二人で暮らし始めた。

両親の記憶はほとんどない。父親は私が生まれてすぐ姿を消し、母親は、私が三歳のとき、働いていたスナックの常連客だった妻子ある男性と駆け落ちしたという。二人からは、その後なんの連絡もない。

しばらくの間児童養護施設で生活していた私を、おばあちゃんは引き取ってくれた。六畳ひと間のアパートが、おばあちゃんと私の住処《すみか》だった。古い箪笥《たんす》の上に、私が生まれた年に亡くなったおじいちゃんの小さな遺影が、ぽつんと置かれていた。

当時、おばあちゃんは職を転々としていた。ひとつの仕事が長続きしなかったのは、働いていたスーパーやドラッグストアや総菜屋で、賞味期限が切れた食料品や、テスターとして店頭に出すはずの化粧品や、余った料理を勝手に持ち出し、知り合いに売っていたことがバレて首になるからだ。おばあちゃんは、何度首になろうが懲りなかった。新しく移ったパート先でも同じことを繰り返した。

健康食品のマルチ商法にも手を出した。口のうまいおばあちゃんは、近所の人たちに高額の商品を売りつけた。それが詐欺だということがわかると、被害者がおばあちゃんのところに押しかけ、警察まで出動する騒ぎになった。

──うちかて被害者や。

おばあちゃんはそう反論していたが、本当はかなり儲けていたのではないかと思う。宝飾品が大好きなおばあちゃんは、指輪やネックレスをよく買っていた。そして、それを身に着け、鏡台の前で得意げにポーズをとっていた。

マルチ商法騒ぎのあと、おばあちゃんはしばらくの間おとなしくしていた。家にやって来た市の地域福祉課の職員から、このままでは私をまた児童養護施設に戻すことになるかもしれない、と言われたからだ。

おばあちゃんは、ビルの清掃のパートを始めた。月曜から金曜まで、毎日きちんと働いた。でも、それも長続きはしなかった。

──便器についた他人のうんこの始末するんはもうあきた。

数ヶ月経ったとき、おばあちゃんはうんざりした顔でそう言った。そして、橋の上に立つようになった。

おばあちゃんが出かけている間、私は、買い置かれた菓子パンで空腹をしのぎながら、ほとんどの時間を、部屋の中でテレビを見たり絵を描いたりして過ごした。そんな生活は、別に苦痛ではなかった。私はひとりだけの時間を楽しんだ。おばあちゃんが買って帰る、たこ焼きや焼きそばやプリンのことを考えると胸が弾んだ。

おばあちゃんは、ときどき私を外に連れ出してくれた。

おばあちゃんの仕事が終わるまで、私は川辺に腰を下ろしてスケッチブックに絵を描いたり、近くの商店街の中を探検したりして時間を潰した。おばあちゃんは、ひとつの橋を何度か往復すると、別の場所に移動した。

まだ五十代だったおばあちゃんは、わざと腰を曲げて老人のフリをしていたから、橋を降りると思い切り身体《からだ》を伸ばし、入念にストレッチを繰り返した。

私といっしょのときは、昼になるとコンビニで弁当を買い、ベンチに並んで食べた。二人でスーパーに行くこともあった。おばあちゃんは、チョコレートやクッキーなどをいくつか平然と自分のバッグに入れて店を出た。お菓子を頬張りながら、私は、おばあちゃんの仕事ぶりを見守った。

一日の収入は、少ないときで三千円、多いときには八千円ほどあった。稼ぎのいい日は帰りに食堂に寄り、ラーメンやオムライスや唐揚げを食べた。おばあちゃんはおいしそうにビールを飲んでいた。

おばあちゃんとの生活は楽しかった。私はずっとそれが続くものと思っていた。しかし、橋の上の「仕事」を始めて半年後――。

楽しい日々は、突然、終わりを告げた。

その日――、私は川辺の遊歩道に置かれたベンチに腰を下ろし、橋の上のおばあちゃんの様子をちらちらとうかがいながら、スケッチブックに色鉛筆を走らせていた。雲一つない秋晴れの昼下がりだった。

不意に、女がベンチに近づいて来た。ピンクのミニのワンピースを身に着けた、厚化粧の若い女。ついさっき、近くの電話ボックスに入るところを、偶然私は見ていた。もちろん、女のことなど私は気にも留めていなかった。

私の横に立つと、女はまずスケッチブックに目を落とし、次に頭上数メートルの高さにある橋を見上げた。絵は、橋の上のおばあちゃんの姿を描いたものだった。

――あの人、あんたのおばあちゃん？

突然、女は訊いた。

私は息を呑んだ。自分が橋の上にいる間は、決して二人の関係を他人に気づかれてはいけない、とおばあちゃんに言い聞かされていたのだ。

私は、黙ったまま首を左右に振った。女は薄く笑った。

――でもそれ、あの人やろ？

女が再びスケッチブックに目を向ける。私は激しく首を振った。

おばあちゃんは、私たちがいるベンチからわずか十メートルほどのところにいたが、こっちに背を向け、橋を向こう側に渡っているところだった。私たちのことには気がついていない。

そのとき、橋の向こう側から警官が二人、自転車でやって来るのが見えた。

――ごめんね。恨まんといてよ。

囁《ささや》くように女は言った。

おばあちゃんの横で、警官は自転車を降りた。険しい表情で声をかける。

私は腰を浮かせた。膝の上からスケッチブックが滑り落ちた。心臓が激しく波打つ。息が苦しい。どうしたらいいのかわからない。

いつの間にか、女がいなくなっていた。振り返ると、足早に遠ざかる後ろ姿が見えた。女が警官を呼んだのだ、と私は気づいた。

警官のひとりがこっちに目を向けた。呆然と立ち尽くしている私を見て訝《いぶか》しげな表情になり、おばあちゃんに話しかける。おばあちゃんはうなだれ、横目で私を見ながら、何かをつぶやいた。私のことを話したのだとわかった。

警官の顔色が変わった。その瞬間、おばあちゃんとはもういっしょに暮らせなくなるのだ、と悟った。

足元に落ちたスケッチブックを拾うと、私はゆっくりそれを閉じた。

私はおばあちゃんと引き離され、再び児童養護施設に入った。

——今度こそまともに働いて、あんたを迎えに来るさかい。

おばあちゃんはそう言ってくれたが、そんな日がこないことはわかっていた。

逆に私は、将来施設を出たら、私がおばあちゃんを引き取ろうと思うようになった。大金を稼ぎ、おばあちゃんと二人で贅沢な暮らしをする——。それを夢見た。

成長するにつれ、私は、自分ならおばあちゃんよりもっとうまくやれるはずだと思うようになった。人は簡単にだますことができる。それは、おばあちゃんが目の前で証明してくれた。

警察に逮捕されることなく、一度に何十万、何百万と手にする仕掛けができないものか、私はずっと考え続けた。そして、詐欺事件に関するルポルタージュや小説を図書館で読みふけった。その世界について知れば知るほど、だますほうが悪いのではなく、だまされるほうがバカなのだと思うようになった。

高校を卒業し、広島の小さな建設会社に就職が決まると、私は養護施設を出て、会社の寮でひとり暮らしを始めた。おばあちゃんには、もうしばらく待っていてほしいと頼んだ。

二年間、生活を切り詰めて、百万ほど金を貯めた。これから始める仕事の資金だった。

私は、詐欺師になった。

1

巫女《みこ》の衣装に身を包んだ竹田美代子《たけだみよこ》は、首を捻《ひね》って背後に顔を向け、祈り続ける人々の様子をうかがった。

古い蔵を改造して畳を敷き詰めた二十坪ほどの道場には、二十数人の信者がいた。半数近くは七十歳を超えた老女で、残りは三十代から六十代の女性が数人ずつ。男性の姿はない。

ところどころに立てられた蠟燭《ろうそく》の炎が、正座した人たちの姿を青白く浮かび上がらせている。顔の前で合わせた両手を震わせながら、誰もが一心不乱に呪文のような言葉をつぶやいている。

「オンサラビ、エギヤットルモンソニカ――、オンサラビ、エギヤットルモンソニカ――」

信者たちは、その文句を唱えるだけでご利益《りやく》があると信じている。もちろん、そんなことはあり得ない。言葉は美代子が適当に考えたものだ。

信者たちの前方には、金ぴかの祭壇が設けられている。そこに祀《まつ》られているのは、蚕のような形をした緑色の大きな虫の模型だ。

祭壇の上の壁には、「常世教《とこよのきょう》」と筆で書かれた額が掲げてある。

『日本書紀』によると、飛鳥時代の七世紀半ば、静岡県の富士川近くで、「常世神《とこよのかみ》」なる新興宗教が興った。その教えは、アゲハチョウの幼虫と思われる虫を神であるとし、「虫を祀りさえすれば、貧者は富を得、老人は若返る」という荒唐無稽なものだった。教祖である大生部多《おおうべのおお》は、新たに大きな富を得て若返るためには、今所有している財産はいったん全て捨て去らなければならないと説き、信者に喜捨を求めた。人々は、我先にと財産を教祖に差し出した。まるで現在のカルトの原型のような宗教だ。

この教団を打ち滅ぼしたのが、聖徳太子の側近だったといわれる秦河勝《はたのかわかつ》。渡来人である秦氏は、日本に養蚕と絹織物の技術を伝えたことでも有名だが、「常世神」をなきものにしたことで、一部の人々は後に河勝を神格化するようになる。

ここ京都市太秦《うずまさ》は、河勝はじめ、秦氏一族に縁の深い地域だ。秦氏にまつわる遺跡や寺社も数多い。そこで美代子は、この宗教詐欺を考え出した。

秦河勝の子孫である教祖と、大生部多の子孫である巫女。ここ太秦の地が持つ霊力に引き寄せられた二人が、千三百七十年のときを経て奇跡の出会いを果たす。そして、かつての宿敵同士が、悩み苦しむ人々を救済するため、恩讐《おんしゅう》を超えて力を合わせることを決意する。かくして、「常世教」という、究極のパワーを秘めた宗教が誕生することとなった。

ばかばかしいにもほどがある話だが、驚いたことにそれを信じてしまう人間がいる。人は「歴史上の人物の子孫」という肩書に弱く、荒唐無稽な話ほど、いったん受け入れてしまうと疑うことを忘れる。

人は簡単にだますことができる。

無論、美代子は大生部多の子孫などではない。教祖は、鴨川に架かる橋の下で生活していた、佐原芳雄《さはらよしお》という四十五歳のホームレスだ。元商社マンだったという佐原は、女とギャンブルにのめり込み、会社の金を使い込んで解雇。闇金の取立てから逃れるために、東京から京都に流れて来たのだという。

切れ長の涼しげな目に、外国人のような高い鉤鼻《かぎばな》、いかにも福がありそうな大きな耳——。昔の映画スターをほうふつとさせるその容貌をひと目見るなり、美代子は、教祖に打ってつけだと判断した。

住居を用意し、月給として二十万円支払うことを約束すると、佐原は、大喜びでこの話に飛びついた。

今、佐原は、黒い烏帽子《えぼし》を被り、「狩衣《かりぎぬ》」と呼ばれる平安時代の公家が着ていたような装束を身に着けて、祭壇の前で頭を垂れている。

横目でその背中を見た美代子は、思わず顔をしかめた。身体が前後に揺れていたのだ。

——教祖が居眠りしてどうする。

信者たちに背を向けているから、気づかれてはいない。膝立ちしてそっと近づき、太《ふと》股《もも》を指でつねる。佐原がハッと目を開く。

美代子が睨むと、元ホームレスの教祖は首をすくめた。

全員での祈禱《きとう》が終わると、祭壇の横に作られた小部屋に、信者がひとりずつ呼ばれる。「霊視」を行なうためだ。

三畳ほどの広さの板敷きの部屋。そこに置かれた小さなテーブルの前に信者が、その正面に教祖が座る。教祖は、信者の顔の前に手をかざす。薄く目を閉じ、微《かす》かに首を傾げる。そして、おもむろに口を開く。

――あなたの父方の五代前に殺人者がいる。殺人者の血を清めないと、家族の誰かが暴漢に襲われ、大怪我をする。

――あなたの背後に戦国時代の武将の姿が見える。その武将は、母方の先祖で、村を焼き払い多くの人を死に至らしめた。死者の霊を鎮めないと、身内の誰かが大火傷《やけど》を負う。

――あなたの肩に、水子の霊が乗っている。父方の四代前に、人知れずお腹の子を始末した者がいる。激しい肩の痛みに襲われるのは、水子を供養していないせいだ。

教祖のお告げに信者たちは恐れ慄《おのの》き、除霊などの神事を行なってもらうために金を差し出す。

佐原の後ろで、美代子はその様子を仏頂面で眺めている。

2

「お疲れさん」

信者たちが全員帰ると、肩を叩き、首を回しながら佐原が声をかけた。

「あんた」

くわえタバコの美代子が目を細める。

「あと一回居眠りしたら首にするからね」

「おお、こわ」

佐原はへらへらと笑っている。本気にしていない。自分がいなければこの商売が成り立たないことがわかっているからだ。

美代子は舌打ちした。金の入ったバッグを手に蔵を出る。

蔵の周りは、高さが二メートルほどのアルミ格子のフェンスで囲まれているが、すぐ隣には古い屋敷が建っている。その二階の窓から、苦々しい顔つきの老夫婦がこっちを見下ろしていた。笑顔で会釈し、フェンスのすぐ外側に停めていた車に乗り込む。

蔵を含む三十坪ほどの土地は、元々その夫婦のものだった。自分たちが住む屋敷を除いた、使っていない蔵つきの土地を売りに出したのを知り、美代子が買い取ったのだ。夫婦は、インチキ宗教のために蔵が使われるとは思ってもいなかっただろう。知ったときには後の祭りだ。

とはいえ、夫婦に実害を与えているわけではない。屋敷と蔵の周りには畑が広がっており、住宅街とは距離があるため、近所から苦情がくることもない。

「じいさんとばあさん、怖い顔で睨んでたぜ」

言いながら佐原が後部座席に滑り込んできた。

「ほっとけばいい」

「訴えられないかな」

「あの夫婦には訴える理由なんてない」

訴えられるとしたら、金をだまし取った人間からだろう。

「常世教」を始めて二年ほど。そろそろ警察やら弁護士やらが動き始めても不思議はない。そのときはそのときだ。

「あんたが心配することやない。私に任せといて」

不安げな表情で屋敷を振り返る佐原に向かって言うと、美代子は車を発進させた。

佐原を住まわせているワンルームマンションは、道場がある太秦から遠く離れた、平安神宮にほど近い白川沿いにある。赤く色づき始めた大文字山を前方に見ながら、東に向かって車を走らせる。

三条通を左手に折れ、白川に沿って続く細い道に入ったところで、美代子は眉間《みけん》に皺《しわ》を寄せた。マンションの玄関前に若い女が立っているのが見えたのだ。胸の大きく開いたVネックのセーターに、ひらひらしたミニスカート。

「ああ、和希《かずき》ちゃんだ。待っててくれたんだ」

佐原が嬉しそうな声を上げる。

和希というその女とは、近くのパブで知り合ったのだという。ネズミほどの知能しかない、若さだけが売りモノのバカ女だ。

車を停めると、腰を振り、満面に笑みを浮かべながら女が後部座席に歩み寄った。ふわふわした茶色の長い髪に、やたらに長いつけ睫毛《まつげ》、黒目コンタクト、てらてらしたピンク色の唇――。本人は二十歳だと言っているらしいが、本当はもう少し上かもしれない。最近、女性の年齢はまるでわからなくなった。そういう美代子も、すでに四十八歳になるが、四十歳より上に見られたことはない。年齢をごまかすことなど、詐欺師には朝飯前だ。

車から出ると、佐原は女と手を繋ぎ、スキップするようにしてマンションの中に入っていった。

それを見ながら、美代子はため息をついた。頭の中では、チカチカと危険信号が点滅している。

そろそろ見限り時かもしれない、と美代子は思った。佐原はこのところ言うことを聞かなくなっている。祈禱中の居眠りもそうだが、マンションの部屋に他人を入れないよう何度も言い聞かせているのに、完全に無視している。最近では、月給の値上げまで要求していた。

——女とギャンブルで身を持ち崩すような男は、何をやらせても所詮ダメなのだ。

苦々しい思いで、美代子はアクセルを踏んだ。

美代子のマンションは、銀閣寺にほど近い閑静な住宅街の中にある。平安神宮の前を通り過ぎ、白川通を北に上がって行く。

マンションの駐車場に車を停め、エレベーターで最上階に上がる。部屋の前に立つと、美代子は、ドアの三ヶ所にある鍵を順に開けていった。二つは美代子がつけさせたものだ。詐欺師が空き巣被害などに遭ったらシャレにならない。用心するに越したことはない。

廊下を進み、突き当たりにあるリビングに入る。広さは二十畳ほど。部屋の中央に、黒い革張りのソファと、ノートパソコンが載ったガラステーブル。壁際には大画面テレビとオーディオセット。大きな書棚には、小説から評論、ルポルタージュ、さらには、ファッションや科学、料理など、様々なジャンルの本や雑誌が詰まっている。

バッグをソファに置き、カーテンを引き開ける。広いベランダを隔てて、正面に大文字山が見えた。山肌に「大」の文字が浮かび上がっている。八月十六日の夜には、ベランダに出したテーブルで、シャンペン片手にひとりで点火の様子を楽しんだ。火文字が夜空に浮かび上がる様は、幻想的で美しかった。

踵《きびす》を返してソファの上のバッグを取り上げ、書棚の横に向かう。そこには、高さが一メートルほどある鉄製の金庫が、剝き出しのまま置かれている。金庫自体も百キロ以上ある重いものだが、さらに床と壁にしっかり固定してあるので、持ち出すことはほぼ不可能だ。とびきり頑丈にできているから壊すことも容易ではない。

金庫の前にしゃがみ、右上についた番号ボタンに指を伸ばす。暗証番号は五桁。数字の組み合わせは美代子の頭の中だけにある。

五つの数字を押し終えると、ピッ、という短い電子音がした。取っ手に手をかけ、扉を開ける。

一番上の段には、三千万円ほどの現金。中段に千数百万円の価値がある株券。一番下には、一千万円以上の値打があるというダイヤの指輪をはじめ、金や真珠のネックレスなどの宝飾品が納められている。いずれも信者からだまし取ったものだ。

以前は、稼いだ金品は銀行の口座と貸金庫に入れていた。しかし、五年ほど前、仲間と組んでやっていた美容サプリメントの詐欺が発覚したとき、逃亡する直前に全て差し押さえられてしまい、一円も持ち出せないことがあった。それをきっかけに、美代子は、金品のほとんどを自分の身近に置いておくことにした。今では、金庫を開けて宝の山を眺めるのが、何物にも代え難い楽しみになっている。

今日一日の稼ぎである六十三枚の万札をバッグから出し、十万円ずつの束にして上の段の一番端に置く。三万円は自分の財布に入れ、金庫の扉を閉める。

よいしょ、と言いながら立ち上がると、美代子はソファに腰を下ろした。パソコンのスイッチを入れる。添付文書がついたメールが一通届いていた。新たなカモ候補のリストだ。

近畿地方にあるいくつかの大病院には、美代子の協力者がいる。そこで働く看護師や職員、入院患者の付添人を買収して、重病患者のリストを送ってもらっているのだ。毎週のように届くそのリストには、癌をはじめ、重い糖尿病や心臓疾患などに罹《かか》っている患者とその家族の氏名、住所が書かれている。

藁《わら》をもつかむ心理状態にあるとき、人は最もだまされやすい。

美代子はすぐに、添付文書をプリントアウトした。

3

赤木静子《あかぎしずこ》は、疲れ切った足取りで門扉を開けた。

末期の肝臓癌と診断されている夫は、今日も病院のベッドの上で苦しんでいた。医師には「痛い、苦しい」と訴え、静子に向かって「もう死にたい」と繰り返した。

ひとり娘は、夫の仕事の関係で、二人の子どもといっしょにニューヨークに住んでいる。簡単に帰って来られないことはわかっているが、今は側にいてほしかった。ひとりでいると、悲しみに押しつぶされそうになる。

鉛のようなため息を漏らしながら門扉を閉め、すぐ横にある郵便受けを開ける。中には、夕刊といっしょに、パンフレットのようなものが入っていた。B5サイズで、表紙の上には『不可能を可能に、絶望を希望に――あらゆる病苦を取り去る究極の神霊力』と書かれている。その下には、星空の下で手を繋ぐ四人家族のイラスト。

ひと目見て、いかがわしい、と静子は思った。ただ、最後の文句が気になった。あらゆる病苦を取り去る、とはどういうことか。

家に入り、居間の座椅子に腰を下ろすと、パンフレットを開いた。十数ページの薄いもので、その内容のほとんどは、「半身不随で寝たきりだった夫が歩けるようになった」

とか、「妻の癌がきれいに消えた」とか、「現代医学では治療方法がないと言われている娘の難病が治った」とかいう体験談だった。

読み進めるうちに、いかがわしい、という最初の印象は薄くなっていった。書かれていることがもし本当なら、この不思議な力に最後の望みを託してみてもよいのではないか、と静子は思い始めた。

パンフレットの最後のページには、アンケートハガキがついていた。「現在悩み事がある」「パンフレットの内容に興味がある」「もっと詳しい話を聞いてみたい」という三項目の質問に「はい」か「いいえ」で答えるだけの簡単なものだ。最後に、名前と住所、電話番号を書き込む欄がある。

わずかに迷ったあと、静子はペンを取った。話だけでも聞いてみる価値はあるかもしれないと思った。このままでは、遅かれ早かれ夫は死んでしまう。ダメで元々なのだ。

記入を終え、ホッとひとつ息をついたとき、玄関のチャイムが鳴った。

すでに時刻は午後七時を過ぎている。こんな時間に誰だろう、と訝りながら、静子は腰を上げた。

4

待ち合わせ場所に指定した木嶋《このしま》神社の鳥居の前には、すでに白髪の老女が立っていた。赤木静子に間違いない。

車の運転席からその姿をひと目見ただけで、美代子は、これは久々の上カモだ、と思った。

静子は、銀鼠《ぎんねず》色の紬《つむぎ》に、白系の帯を合わせている。それがどれほど高価な着物か、遠目からでもわかった。手にしているハンドバッグも、名の知れた老舗《しにせ》鞄店のものだ。おそらく数十万円はするだろう。

もし一度に大きく稼ぐことができたら、佐原を残してとっととトンズラしようと美代子は決めていた。もしかしたら、早々とその機会が訪れるかもしれない。

神社の駐車場に車を停め、緑色の作務衣《さむえ》を着た佐原と共に鳥居の前に向かう。今日の美代子は、シンプルな紺のスーツ姿だ。

近づく二人を見て、静子の顔にわずかに緊張の色が浮かんだ。

「赤木静子さんですね。昨日はお電話で失礼いたしました」

美代子が笑顔でお辞儀する。

「こんなところまでご足労いただきまして、申し訳ございません。私は大生部みちる。こちらは秦公房《はたのこうぼう》先生でいらっしゃいます」

佐原は無言で前に進み出た。静子が挨拶しても眉ひとつ動かさず、じっと顔を見つめている。静子は明らかに戸惑っている様子だ。

「あなた、お身内に重い病気の方がおられるでしょう」

いきなり佐原は言った。

「それも、とても身近な方だ。ご主人ですか？」

静子の目が大きく見開かれた。

「ど、どうしてそれを……」

「先生には人の心を霊視する力がおありなのです」

口許に笑みを浮かべながら美代子が説明する。

「今日、ここにお越しいただいたのは、本日がちょうど、一週間に一度先生がこちらにご参拝される日だからなのですが……。先生がこちらでパワーを取り込む様子を、赤木さんにもご覧いただけたらと思いまして」

「パワーを、取り込む……？」

「口で説明するより、実際に見ていただいたほうがいいでしょう。どうぞ」

美代子は鳥居の内側を指し示した。本殿まで、真っ直ぐ石畳が続いている。左右を木々に覆われ、日の光はわずかしか地面に届いていない。

佐原が先頭、静子を挟んで美代子が続く。他に参拝者の姿はない。

本殿の手前にある建物の陰から、神官用の白衣に浅葱《あさぎ》色の袴《はかま》を身に着けた初老の男性が現われた。佐原を見ると立ち止まり、素早く道を開ける。男は深々と頭を下げた。

美代子たちが通り過ぎるまで微動だにしない。

静子が驚いているのが、後ろからでもわかった。

「この神社の起源は、秦氏がこの地に水の神を祀ったことにあると言われています。秦氏の末裔《まつえい》である先生は、こちらでは特別な存在として敬われているのです」

美代子の説明に、前を行く静子が、感心したようにうなずく。

参道の突き当たりにある石段を上がり、森の中にぽつんとたたずんでいるような古い本殿の前に出る。

佐原は両手を合わせ、頭を垂れた。

「オンサラビ、エギヤットルモンソニカ――、オンサラビ、エギヤットルモンソニカ――」

その口から祈りの言葉が漏れる。佐原の後ろに立つ美代子が手を合わせ、目を閉じると、静子も慌ててマネをした。

「では、こちらへ」

祈禱を終えると、佐原は本殿の左手に進んだ。鬱蒼《うっそう》と木が生い茂る中に、石垣で囲まれたスペースがある。その中央に、高さが五メートルほどの鳥居が建っているのが見える。元々は小さな池だったのだが、今は水は涸《か》れ、地面が剝き出しになっている。

竹で作られた胸ほどの高さの柵の前まで歩く。それ以上、鳥居には近づけない。

「この神社は、一般的には『蚕《かいこ》ノ社《やしろ》』と呼ばれています。ご存じですか？」

左横に立つ静子に、美代子はたずねた。

「あの……、聞いたことはあるのですが……」

静子の住まいは、大阪府吹田《すいた》市にある。この辺りのことにはさほど詳しくないようだ。

「秦氏は、日本に養蚕と絹織物の技術を伝えたと言われています。社は、そのことに因んで建立されたものです」

美代子は、鳥居を指さした。

「ご覧なさい。柱が三本あるでしょう？」

その鳥居は、三本の石柱が立つ珍しい形状をしており、三方から遥拝《ようはい》ができるようになっている。その中心には、石を盛って作られた神座《しんざ》がある。

「鳥居を上から見ると、三角の形をしています。その三角形の中心は宇宙の中心をも表します」

静子に顔を向ける。

「ピラミッドが三角形をしているのはご存じでしょう？　ピラミッドも同じです。三角形の中心には宇宙のパワーが宿ると言われています」

「はあ……」

「先生はこれから、鳥居の中心にある神座からパワーをいただきます。そしてそのパワーを、人を救うためにお使いになります」

「ぬうっ！」

鋭く気合を発しながら、佐原は両手のひらを鳥居に向かって突き出した。

腕がぷるぷると震え始める。頬が紅潮する。

「ああ……」

静子の口から驚きの声が漏れた。鳥居の下の神座が、ぼおっと青白い光を発したのだ。

「宇宙からの霊気です。今、先生がその気を取り込んでおられます」

静子の耳許で美代子が囁く。

そのとき、背後で笑い声がした。振り返ると、観光客らしい若いカップルがこっちに向かって歩いてくる。美代子は、右横に立つ佐原の足を軽く蹴って合図した。

佐原が手を引っ込める。同時に、光が消えた。

驚愕《きょうがく》の表情を浮かべたまま、静子はその場に立ち尽くしていた。

5

道場に誘うと、静子は素直に車に乗り込んだ。もう引っかかったも同然だ。あとは仕上げだけだった。

道場では、数人の信者が祈禱していた。佐原と美代子が入って行くと、拝むように手を合わせる。佐原が笑顔で会釈する。その様子を見ながら、静子があとに続く。

祭壇の横にある小部屋に入ると、佐原は早速、静子の顔の前に手のひらをかざした。しばらくの間、目を細めて額の辺りを睨みつけ、苦い顔つきで腕を下ろす。

「あなたには、たくさんの邪悪な霊が憑《つ》いています。災いはその霊の仕業です」

重い口調で、佐原は告げた。

「あなたの先祖の何人かは、昔、ずいぶんと残酷なことをしたようです。たくさんの人を殺し、たくさんの人を不幸に陥れています。もちろんそれはあなたのせいではない。しかし、何故か霊はあなたに取り憑き、あなたの身内に不幸をもたらそうとしている」

静子の顔に怯《おび》えの色が浮かぶ。

「あなたには、遠く離れた場所にお身内がいらっしゃいますね？　おそらく、お子さま……、娘さんでしょうか？」

ぽかんと口を開けたまま、静子は微かにうなずいた。あまりの驚きに言葉を失ってい
るようだ。

「このままでは、娘さんやそのご家族も病気で倒れることになりかねません」

「私は……」

静子はようやく声を発した。

「いったい、どうしたらいいのでしょうか」

「根本的に問題を解決するには、ある程度の時間をかけて除霊するしかないでしょう。

これから毎日、ここにいらっしゃい」

「けど、主人の命は、もう長くは……」

「除霊にどのくらいの時間がかかるかは、あなたの心がけ次第です」

「心がけ……？」

「除霊を行なうには、あなたを惑わしているものを全て投げ出す必要があります。おい
しい食べ物、快適な暮らし、豪華な宝飾品……、今あなたが身に着けている着物も、バ
ッグも、あなたを惑わすものです。あなた自身から余分なものを取り払い、純粋な気持
ちで臨まない限り、除霊はできません」

「全てを喜捨する覚悟はおありですか？」

美代子が言葉を引き取った。

「喜捨？」

「お金や宝飾品など、喜捨していただければ、我々が責任をもって、世界中にいる恵まれない人々のために使わせていただきます。そういう功徳を積むことでも、邪悪な霊はあなたから去って行きます」

　静子はうつむいた。唇を嚙み、じっと考え込む。

「今すぐに、全てを喜捨しろと申しているわけではありません」

　美代子が続ける。

「現世で生きていくためには、お金も必要です。とりあえず銀行預金の半分、あるいは三分の一でも構いません。まずは、あなたがそういう気持ちになれるかどうかが大切なのです」

　静子は顔を上げた。

「本当にそれで、主人の病気が治るのでしょうか。娘の家族が不幸にならずに済むのでしょうか」

　美代子は小さく息をついた。小部屋のドアを開け、信者の名前を呼ぶ。

　中年の女性がひとり、中に入って来た。あなたのことを教えてあげてください、と美代子が告げると、おずおずとした口調ながら、自分の家族に起きた奇跡について語り始めた。

夫は末期の肺癌と診断されていた。いくつか病院を変えたが、診断は同じだった。藁にもすがる思いでここに来た。取り憑いていた悪霊を追い払い、宇宙の霊気を分け与えてもらうことで、夫の癌は消えた。今では、夫と二人、健康に仲良く暮らしている。

語る女性の顔を見ながら、静子は目に涙を溜めている。

落ちる――、と美代子は確信した。静子は、今まで見聞きしてきたことを全て信じている。喜捨を申し出るのは時間の問題だ。

アンケートハガキが返ってくると、美代子は、病院の協力者に連絡を取って、静子の家族に関する詳しい情報を集めさせた。そして、待ち合わせ場所の木嶋神社に、神官の衣装を着た仲間を待機させ、鳥居の下にはリモコンで操作できるライトを隠し置いた。リモコンは美代子のスーツのポケットの中にあった。そして、ダメ押しとして、道場に信者のサクラを用意した。

女性が話を終えた。静子はハンカチで目頭を押さえている。

一礼して女性が出て行くと、静子は、覚悟を決めたかのように、真っ直ぐ佐原を見つめた。そして、よろしくお願い致します、と言って頭を下げた。

6

翌日の昼過ぎ、静子は千五百万円を現金で持ってきた。

バッグを開け、銀行の帯封がついた札束を佐原と美代子に見せると、静子は、今自分に用意できるのはこれが精一杯だ、これで家族を助けてほしい——と、必死の形相で頼んだ。

佐原は、にこりともしないでうなずいた。そして、静子を祭壇の前に誘《いざな》った。緑色の虫の模型の前に仰向けに寝かせ、頭からつま先へ向かって、ゆっくり手のひらをかざしていく。

わずか一分で除霊は終わった。

さも疲れ切ったかのようにその場にへたり込むと、佐原は荒い息を繰り返した。上半身を起こした静子が、心配そうな顔を向ける。

「強い」

ひとつ大きく息をつくと、佐原は言った。

「あなたに取り憑いている悪霊は、なかなか強い。だが、いくらかは去って行きました。あと何度か繰り返せば、ひとつ残らず離れて行くでしょう」

「先生はしばらくお休みになります」

美代子が手を貸し、佐原を立ち上がらせる。

「またおいでください。明日でも、明後日でも、都合のよいときで結構ですから」

「あ……、はい」

静子は慌てて応えた。


小部屋の奥のカーテンを引き開けると、佐原は、壁際に置かれた冷蔵庫の扉を開けた。缶ビールを手に振り返る。

「今日は、コーヒーよりビールがいいだろ？」

「そうね」

佐原と同じく、美代子も祝杯を上げたい気分だった。一度に千五百万もの大金が手に入ったのだ。

テーブルに積み上げた十五の札束の前に、佐原はグラスを置いた。うまそうな泡が立っている。美代子が手に取り、佐原のグラスと合わせる。

「あの婆さん、まだまだ金出しそうだぞ。搾れるだけ搾るか？」

「うん……」

美代子は迷っていた。目の前の金を持って姿を消すという手もある。しかし、佐原の言うように、静子のような金づるはそうそういるものではない。

「なあ、分け前増やしてくれよ。それだけ稼いだんだから、百万ぐらいくれたっていいだろ？」

「ここの土地買ったときに、貯金を使い果たしてるのよ。仲間を雇ったりパンフレット作ったり、いろいろ出費もあるしね。もうちょっと余裕ができたら考えてあげるから」

不満げな顔つきで佐原が舌打ちする。

明日の霊視の打ち合わせをしながら缶ビールを三本空けたところで、美代子は、タクシーを呼ぶよう佐原に言いつけた。グラスに残っていたビールを飲み干し、札束をバッグに入れ始める。

ファスナーを閉めようとしたとき、突然視界がぼやけた。モノが二重に見える。立ち上がろうとしたが、膝に力が入らない。

「あれえ、どうしたんですかあ？」

楽しげな声に顔を上げると、佐原が笑っていた。

「あんた……、いったい何したの」

瞼が重い。身体が動かせない。ビールに一服盛られたのだと気づいた。

美代子は意識を失った。

7

肩を激しく揺すられて目を覚ました。

身体を折り曲げた格好で、床に横向けに寝かされている。視界は依然としてぼやけているが、ここが自分の部屋だということはすぐにわかった。目の前に金庫があった。

揃えた両方の足首は、ガムテープでぐるぐる巻きにされていた。腕は背中に回されている。おそらく同じようにガムテープで巻かれているのだろう、動かすことができない。

「金庫の暗証番号、教えてくれ」

すぐ横で声がした。首を捻ると、佐原があぐらをかいている。その後ろには、見たことのない大きなキャリーケースが投げ出されていた。あれに詰め込まれてここまで運ばれたのだろう。

「あんたなんかに教えるもんか」

自分が発したのに、他人の声のように聞こえた。意識はまだ朦朧《もうろう》としている。呂律《ろれつ》もよく回らない。

「もう二年近く前になるかな」

悠然とした口調で佐原が話し始める。

「この商売やり始めてから、初めて大口のカモ引っかけたときさ、二人で居酒屋行って、祝杯上げたじゃない。覚えてる？　あんときは、まだ俺たち、仲良しだったじゃんか」

「何が言いたいの？」

美代子はもがいた。しかし、手も足も自由にならない。

「そんとき、あんた、結構酔っ払って、ちょっとだけプライベートなこと、話してくれただろ。あんた、旦那に何度も浮気されて、ストレスで万引き繰り返して、警察に捕まって……、それで離婚されて、五歳だったひとり娘の親権も奪われて……。もう二十年以上前になるのかな」

「いったい、なんの話……？」

「優秀な探偵を雇ったんだよ。それで、あんたの娘を探してもらった。意外なことに、まともな社会人になってたよ」

美代子は目を剝いた。

佐原は携帯電話を取り出した。美代子に向かって笑いかけながら操作する。相手はすぐに出た。

「ああ、ボク、佐原ですけど。娘さん、電話に出してくれる？」

弾んだ声で指示すると、美代子の耳に携帯を押しあてる。

〈誰⁉〉

いきなり甲高い女の声が聞こえた。美代子は息を呑んだ。

「真澄《ますみ》！　真澄なん⁉」

〈お母さん？　本当にお母さん⁉　真澄だよ！　なんでこんな目に遭わなきゃ——〉

佐原は携帯を取り上げた。

「暗証番号教えてくれないと、何されるかわからないよ」

「あんた！」

美代子は上半身を起こそうとした。しかし、肩をつかれ、また床に転がった。佐原が声を上げて笑う。

「こんなことして、ただで済むと思ってるの？」

「あんたが俺をポイ捨てしようとしてたことぐらい、わかってるんだよ。そうなりゃ、俺はブタ箱入りだ。運よく捕まらなかったとしても、闇金に追いかけ回される。まとまった金を手に入れて、偽造パスポートでも手に入れて、外国にトンズラする。俺にはそれしかない。こっちも必死なんだ」

佐原の顔に、今まで見たことがない凄味が浮かんだ。

このヤサ男がこんな手荒なマネをするなど信じられなかった。油断していた。

「こっちは、千五百万はもう手にしてる。もしあんたが暗証番号教えない気ならそれでもいい。あんたと娘をボコボコにしてほったらかしにしておく。警察に行きたきゃ行けばいいさ。そんなことすれば、あんたもブタ箱入りだ」

美代子は目を閉じた。その途端、涙が溢れ出した。泣いたのは、真澄と別れた日以来だ。

「娘に手を出さないで」

振り絞るようにして言った。こんなことに真澄を巻き込むわけにはいかない。

美代子は暗証番号を教えた。

金庫の扉が開く。そこから出した金品を、佐原がトランクに入れていく。

「ゆっくり、もうひと眠りするといいよ」

トランクを閉めると、美代子に向かって言った。

「手と足はガムテープで巻いてあるだけだから、ちゃんと目が覚めて頑張ればそのうちほどける。じゃあな」

笑顔で手を振りながら、佐原が部屋を出て行く。

美代子は、再び眠りに落ちた。

8

次に目を覚ましたとき、辺りは薄暗くなっていた。

必死で手足を動かし、ガムテープを弛《ゆる》める。十分ほどで腕が自由になった。すぐに足首のガムテープをはがして立ち上がる。

空になった金庫に目を向けたとき、おかしい、と初めて気づいた。

確かに娘のことは佐原に話した。大金を手にした祝いで居酒屋に行ったとき、まず佐原が、東京に残してきた妻子のことを涙ながらに語ったのだった。それで、柄にもなくついほだされて、自分も家族のことを話した。

しかし、娘の名前は言っていない。それどころか、自分は本名さえ佐原に教えていない。いったいどうやって娘の居所を突き止められるというのだ。

美代子は、電話での会話を思い起こした。

〈誰!?〉

――まず、若い女の甲高い声がした。

「真澄！　真澄なん!?」

――娘の名を口にしたのは私だ。

〈真澄だよ！〉

――そのあと初めて、女は名前を言った。

全身から血の気が引いた。一杯食わされたのだ。

――まさか、こんな単純な手口にだまされるとは……。

美代子はその場に崩れ落ちた。

9

赤木静子は、疲れ切った足取りで門扉を開けた。

夫の初七日が過ぎ、娘一家はニューヨークへ帰って行った。これでまたしばらく会えなくなる。ただ、来年中には夫の任期が終わり、日本に帰って来られそうだと娘は言っていた。その頃には、連れ合いを失った悲しみも少しは癒えているかもしれない。

郵便受けから夕刊を抜き取り、玄関ドアに鍵を差し込もうとしたとき、すいません、と声をかけられた。振り返ると、グレーのスーツに黒縁眼鏡の中年女性が立っている。

「私、吹田市役所福祉課の、タナカ、と申します」

「はあ」

鍵を持つ手を引っ込め、静子は女性に向き直った。

「実は、この辺りで、このようなパンフレットが配布されているというお話をうかがいまして」

門扉の向こうで、女性はパンフレットを掲げた。

見覚えがあった。表紙には、『不可能を可能に、絶望を希望に――あらゆる病苦を取り去る究極の神霊力』と書かれている。

「これ、実は詐欺なんです」

「はい。知っております」

「知っている？」

女性は眉をひそめた。

「それは、どうして」

「確か、一ヶ月くらい前やったと思いますけど……、ちょうどそれが郵便受けに入っていた日に、警察の方が見えて――」

「警察が？」

「はい。防犯課から来たという、制服を着た女性の警察官でした」

「それで？」

「偽の宗教団体が詐欺目的でパンフレットを配っているので、もし届いているようなら回収させていただきたい、ということで」

「で、渡したんですか？」

「はい」

「アンケートハガキがついていませんでしたか？」

「はい。それもお渡ししました」

確か、ちょうど記入を終えたときに、玄関のチャイムが鳴ったのだ。

「その女性警官は、名を名乗りましたか？」

「はい。確か……」

割と珍しい苗字だったので覚えている。

「カズキさんとおっしゃったと思いますけど」

今度は、眼鏡の奥の目が大きく見開かれた。しかし女性は、すぐに元の能面のような表情に戻った。

「わかりました。どうやら警察に先を越されてしまったようです」

軽く頭を下げると、女性はすぐに踵を返した。

――市の福祉課の職員が、どうして詐欺のパンフレットのことを訊きになど来たのだろう。

首を傾げながら、静子は家の中に入った。

10

――木嶋神社に現われた赤木静子は、やはり偽者だった。

静子本人に背を向けて歩き出しながら、美代子は顔をしかめた。

佐原が金品の強奪を以前から計画していたなら、静子の登場のタイミングも偶然とは思えなかった。アンケートハガキを見直してみると、白い修正液の上に携帯番号が書かれていることがわかった。赤木静子が書いた電話番号を修正液で消し、誰かが別の番号を上書きした可能性がある。

居ても立ってもいられず、自分の推理を確かめるために、こうして静子の自宅を訪ねてみたのだったが……。

「和希も仲間だったのか」

美代子は口に出してつぶやいた。

まさか、ネズミほどの知能しかないと思っていたあの女が黒幕のひとりだとは、思いもしなかった。もっとも、詐欺師は詐欺師のような顔をして近づいてはこない。和希の演技は完璧だった。完全にだまされた。見事としか言いようがない。

しかも、女性警察官に化けた和希は、赤木静子に「カズキ」と名乗っていた。

――それは、いずれ私が静子を訪ねることを予想していたからではないか。私に自分たちの存在を教えようとしたのではないか。

静子の偽者と和希を名乗る女が、過去に自分と何か繋がりがなかったかどうか、美代子は考え始めた。

――老女と、その孫ぐらいの年齢差の二人組。

記憶の糸をたどっていくうち、頭の中で小さな火花が散った。
二十年近く前――。詐欺行為をまだ始めたばかりの頃だ。美代子は、仲間と組んでマルチ商法詐欺を繰り返していた。化粧品や健康食品の偽会社を立ち上げ、会員を募集して荒稼ぎし、犯罪が発覚しそうになったところでとっとと姿を消す。面白いほど儲かった。

その日、美代子は、川のすぐ近くにある喫茶店の、窓際の席にいた。マルチ商法の会員の勧誘をするためだった。そして、電話で呼び出した中年男を相手に話をしているとき、橋の上を行ったり来たりしている女に気づいた。亀のようにゆっくり歩きながら次々に通行人に言葉をかけ、小銭を巻き上げていく。

こっちに近づいて来たとき、顔が見えた。どこかで見たことがある、とすぐに思った。そして、以前健康食品のマルチをしていたとき、勧誘した女だと気づいた。そのときとはずいぶん雰囲気が違っているが、間違いない。

まずいな、と思った。目と鼻の先で、以前だました女にうろつかれるのは目障りだった。それに、誰かが女のケチな詐欺行為に気づいて警察に通報でもしたら、ちょっとした騒ぎになることも考えられる。この日は、一時間後にもうひとり、ここで会う約束をしていた。勧誘している最中に警官に近くをうろつかれることだけは、ごめんこうむりたい。

美代子に限らず、ほとんどの詐欺師は、病的といっていいほど神経質だ。わずかなほころびの可能性も、事前に排除しようとする。

美代子は先手を打った。勧誘に成功した中年男といっしょに店を出ると、公衆電話から自分で警察に通報したのだ。

そのあと、橋の上の女を見ている少女に気づいた。別れた娘と同じくらいの年頃だった。引き寄せられるように近づき、声をかけた。

少女の顔が和希と、橋の上の女の顔が赤木静子の偽者とダブる。

美代子は足を止めた。あまりの驚きで息ができない。

――間違いない。あのときの二人だ。

頭の中に、スケッチブックを抱えていた少女の映像が浮かんだ。

エピローグ

一度詐欺の被害に遭った人は、二度三度とだまされることが多い。

被害者は、ひとり暮らしの女性だったり、モテない独身男性だったり、金を貯め込んでいる独居老人だったりする。そして、そういうカモになりやすい人名リストは、詐欺仲間のネットワークで密《ひそ》かに売買されている。一度被害に遭った人間は、そのときから別の詐欺師のターゲットにされているということだ。

数年前から私も、ネットワークの末席に加わっていた。ただ、私の一番の目的は、カモのリストを手に入れることではない。誰がそのリストを買い求めたかをたどることにあった。

警察に逮捕されることなく、一度に大金を手にできる仕掛けができないものか、私はずっと考え続けてきた。そして、出した結論のひとつが、詐欺師から奪うことだった。

嘘のような話だが、詐欺師は詐欺に遭いやすい。プロである自分が詐欺に引っかかるわけがない、と思い込んでいる者が多いからだ。そして詐欺師は、金品を奪われても警察に通報することはできない。

リストの購入を確認できた詐欺師の中に、女がひとりいた。偽宗教で荒稼ぎしているベテランだった。私は、女を詐欺のターゲットの候補に選び、詳しく素性を調べ始めた。手に入れた女の写真を見て、まずおばあちゃんが自分との関わりに気づいた。そして私も、それがおばあちゃんを警察に売った女だということを思い出した。私もおばあちゃんも、一度見た人の顔は絶対に忘れない。それは、詐欺師に必要な能力のひとつだ。

私たちは、女をターゲットに絞ることにした。

まず、教祖の佐原に近づいてそそのかし、情報を集めた。重病患者に宛てたパンフレットを配る女の手下を尾行し、警官に化けて何組かの家族と接触。おばあちゃんが化けやすい赤木静子を、女を釣るエサに選んだ。そして、だまされたフリをして大金を手渡し、油断させてクスリを飲ませ、朦朧として正常な判断が下せない状態のときに、別れた娘という最大の弱みを突いた。

唯一の不安は、女がおばあちゃんのことを思い出さないだろうかということだったが、おばあちゃんは完璧に、裕福で上品な老女を演じきった。おばあちゃんは天性の詐欺師だ。

ニュースでは、「常世教」の教祖を名乗っていた男が、逃亡先のホテルで、詐欺の容疑で逮捕されたと伝えている。男は、事件の背後には自分を操っていた女がおり、さら

に、その女をだます計画を、老女と若い娘のペアが持ちかけてきたのだとも証言している
るという。

どうやら、ほとぼりが冷めるまで、おとなしくしておいたほうがよさそうだ。

「山奥の温泉にでも行って、のんびりしよか？」

手に入れたばかりのダイヤの指輪を嵌《は》め、鏡台の前で得意げにポーズをとっているおばあちゃんに向かって、私は声をかけた。

「そら、ええな」

おばあちゃんがこっちを向き、満面に笑みを作る。私も笑みを返す。

私たちは、ずっといっしょだ。

お地蔵様に見られてる

1

ジョギングの途中、道端のお地蔵様の前で足を止めると、さやかは軽く手を合わせた。お地蔵様を見つけると、つい立ち止まってしまう。特に信仰心があるわけではない。京都の町中には、そこかしこにお地蔵様が祀られていて、そのひとつひとつのフォルムがとても面白いのだ。

ただの石の塊としか見えないものや、きれいな曲線で身体が彫られているもの、顔に彩色《さいしき》が施されているもの、男女の二体が仲良く並んでいるものなど、実にバラエティーに富んでいる。珍しいお地蔵様を見つけたときには楽しい気分になる。

お地蔵様は、あの世とこの世の境界で人々を救う菩薩《ぼさつ》として信仰されるようになった。始まりは平安時代らしい。特に、まだこの世に生を受けたばかりの子どもの魂は、油断しているとあの世に引っ張り込まれかねず、地蔵がその命を守ってくれると信じられていたという。

改めて目の前のお地蔵様に目を向ける。そのお顔は、ほっこりとやさしげだ。じっと見つめていると、微笑みかけてくれているような気がする。さやかの口許にも、自然に笑みが浮かぶ。

ふうっとひとつ息をつくと、さやかは、再びゆっくりと走り始めた。

目の前には、緩やかな坂道が延びている。ヘッドホンから流れる曲のリズムに合わせ、膝を上げ、両手を大きく振りながら、坂道を上っていく。

まだ午前九時をわずかに過ぎたばかりなのに、八月の日差しは強い。じりじりと肌が焦げていくようだ。でも、好きな音楽を聴き、汗をいっぱいかきながら走るのは心地いい。嫌なこと、思い出したくない現実を忘れさせてくれる。

左手には「五山の送り火」で名高い大文字山が見える。送り火の本番が近づいているからだろう、「大」の形に置かれた火床の周りで、たくさんの人が動き回っているのが見える。この風景は学生時代にも見たことがあるな、とさやかは思った。

当時のことが、ふと頭を過《よぎ》った。大学三年生の冬に膝を怪我して引退したが、それまではラクロス部に所属しており、他のメンバーといっしょによくここを走った。北山にある大学のグラウンドからこの先にある真如堂《しんにょどう》まで五キロ弱の距離は、格好のランニングコースだった。膝が回復すると、リハビリを兼ねてまた走るようになった。

ただ——、まさか自分が、大学卒業後にこの道を走ることになるとは思ってもいなかった。京都には絶対に戻りたくなかったのに。

運命とは皮肉なものだ。支社も営業所も京都にないことを確認して東京に本社があるアパレルメーカーに就職したのに、今年になって支社を立ち上げることになり、そのメンバーとして自分に白羽の矢が立ったのだから。

直属の上司が京都支社の責任者になることが決まり、自分の片腕としていっしょに来てほしいと言われたとき、さやかは混乱した。

仕事は楽しかった。その女性の上司には、入社以来公私共に面倒を見てもらっていて、なんとか期待に応えたいという気持ちもあった。新しい職場では、責任ある立場を任されることが決まっており、キャリアを積むこともできる。

しかし、そのためには京都に住まなければならない。

どうすべきか、ぎりぎりまで迷った挙句、結局さやかは転勤を受け入れた。あの事件からすでに七年、大学を卒業してからも六年以上経っている。当時のことを覚えている人などほとんどいないはずだ、と自分に言い聞かせた。

再び京都で暮らし始めて五ヶ月弱。問題は何も起きなかった。悪いことは忘れて、前だけを向いて生きていけばいいと思い始めていた。

音楽に交じって、不意にパトカーのサイレンが聞こえてきた。さやかは、その音が全く聞こえなくなるまで、デジタルオーディオプレーヤーのボリュームを上げた。

事件のあと、警察署の一室で厳しい事情聴取を受けてから、さやかは、警察を連想させるものに激しい拒否反応を示すようになった。サイレンの音など聞きたくもない。

住宅の角を左に曲がる。正面に真如堂が見えた。

参道には、左右からカエデが大きく枝を張り出している。紅葉の時季には、まさにもみじのトンネルになる。この参道を走り抜けるのが、さやかは好きだった。

石畳の上を通って、朱塗りの古い門をくぐる。右手前方に三重塔が見える。堂々たる風格を感じさせる見事なもので、京都にあるどんな塔よりもお気に入りだった。

参道に人の姿はなかったが、三重塔の手前にある小さな地蔵堂の前で、杖を支えに立ち上がろうとしている人影が見えた。お地蔵様のお顔をひと目見るつもりだったが、それは帰りにしようと思いながら横を通り過ぎ、突き当たりにある本堂に向かう。

スピードを弛《ゆる》めながら息を整え、本堂の手前で立ち止まる。

事件が起きたあとも、大学を卒業して京都を離れる直前まで、ここにはよく来ていた。そして、意識不明のまま入院している泰宏《やすひろ》が早く目を覚ましますように──。繰り返しそう祈った。

さやかは、手を合わせ、目を閉じた。

祈りは届かなかったが、泰宏の死と引きかえに、今自分は好きな仕事をしながら平穏な日々を送っている。

──ごめんなさい。私を許して。

天国の泰宏に向かって心の中で呼びかける。

目を開け、頭を上げると、建物に沿って右側に歩いた。本堂の正面もいいが、反対側に回ると、また違う趣があるのだ。どちらかというと、さやかは裏のほうが好きだった。

本堂の横をゆっくり歩いて裏手に回り、石のベンチに腰を下ろす。たくさんの木々が石畳の上に大きく枝を広げて日陰を作り、そこを気持ちのいい風が吹き抜けていく。

背負っていたデイパックを下ろすと、中からスポーツドリンクのペットボトルを取り出した。喉を鳴らして半分ほど飲み、深呼吸を繰り返す。下鴨《しもがも》神社の近くにある自宅マンションからここまで、ゆっくり走って三十分弱。さすがに学生時代のような体力はないから、しばらく休憩しないと身体がもたない。

辺りに人の姿はない。紅葉の頃は観光客がやって来るが、それ以外の時季、人影はまばらだ。それも、ここを気に入っている理由のひとつだった。

ヘッドホンを外してタオルで汗を拭いていると、またサイレンが聞こえてきた。慌ててヘッドホンをつけ直し、音楽を流す。サイレンの音が消える。

そのまま一曲聴き終わるまでぼんやりし、立ち上がって軽くストレッチしてから、デイパックを背負う。

本堂の裏手から山を下りることもできるが、それだと遠回りになる。今日は真っ直ぐ帰ることにして、再び本堂の正面に回る。

大きく一度伸びをして、走り始めようとしたときだった。

参道の中ほどで、女性がうずくまっているのが見えた。左手で胸のあたりを押さえ、右手に杖を握り、苦しそうに肩で息をしている。

ヘッドホンを外しながら慌てて駆け寄って横にしゃがみ、

「大丈夫ですか」と声をかける。

女性が顔を上げた。

ざんばら髪に蒼白《そうはく》な顔面、ただれたように真っ赤な目、ひび割れた唇――。

「ヒイッ！」

さやかは悲鳴を上げた。尻もちをつき、そのまま後ずさる。

女は動じない。目をぎらつかせながらにじり寄ってくる。

さやかは、今度は驚きに目を見開いた。

――泰宏のお母さん。

変わり果てた姿になっているが、間違いない。見間違えようがない。

女の手がこっちに伸びる。再び悲鳴を上げながら飛び退《の》く。

弾かれたように立ち上がると、さやかは、女を見たまま数歩下がった。喉がひりついて声が出ない。

杖を突きながら、女が身体を起こす。さやかが一歩下がる。女が近づく。

「逃がすものか」

地の底から響くようなしゃがれた声。女の手がまた伸びる。

さやかは目を剝いた。踵《きびす》を返し、転がるようにして参道を走り始める。

不意に誰かに呼びかけられた。ぎょっとしながら声がしたほうに首を捻る。人の姿はない。目の先にあったのは地蔵堂だ。

――逃がすものか。

お堂の中から声がした。同時に、頭の中に一瞬だけ、泰宏の顔が浮かんだ。唇の端に皮肉っぽい笑みを浮かべたいつもの表情。

さやかは、また悲鳴を上げた。参道を駆け抜け、門から外に飛び出す。

――逃がすものか。

坂道を下りる途中、また声が聞こえた。

目の前にお地蔵様がいる。さっき見たときの、ほっこりとしたやさしげなお顔ではない。恐ろしい形相で睨んでいる。

頭の中で今度は、達朗《たつろう》の顔がフラッシュのように瞬いた。横たわったまま動かない泰宏を、呆然としながら見下ろしている。

思わず固く目を閉じた。前から来た人にぶつかりそうになる。それでも足を止めることはできない。怖くて走るしかない。

坂道を下り切ると、自宅マンションがあるほうに向かう。

――逃がすものか。

また別のお地蔵様が呼びかける。マンションに戻るまでの道端に、お地蔵様はまだいくつも祀られている。避けて通ることはできない。

さやかは、ヘッドホンをつけ直した。音楽のボリュームを上げる。しかし、無駄だった。声は直接頭の中で響いている。お地蔵様の側を通る度に聞こえる。お地蔵様の声が追いかけてくる。

怯《おび》え切った表情で走るさやかに、道行く人々が好奇の視線を向けてくる。気にしている余裕はなかった。喘《あえ》ぐようにして走り続け、ようやくマンションのエントランスに飛び込んだ。

そのとき、初めて振り返った。追ってくる人影は見えなかった。

2

いつの間にかソファで眠り込んでいた。

頭の中では、今もお地蔵様の声がこだまのように鳴り響いている。あれは夢だったのだろうか、と思った。真如堂でのことも、夢の中の出来事だったのではないか。

鉛のように重たい頭を持ち上げ、壁の掛け時計に目をやる。午後三時を過ぎている。

のろのろと立ち上がり、浴室に向かう。

シャワーを浴びているうちに、生気が甦《よみがえ》ってきた。これからどうすべきか、冷たい水を顔に浴びながら考えた。

着替えて軽く化粧をすると、さやかは部屋を出た。泰宏の母親のことが気になっていた。

マンションの駐輪場から自転車を引っ張り出して走り始める。すぐそこにお地蔵様があり、前を通るときは緊張したが、声は聞こえなかった。さやかはホッと息をついた。

高野川を東側に渡り、十分ほど北東に走ると、一乗寺の商店街に入る。

一乗寺に来るのは、大学四年生の夏以来だ。それまでは、この辺りにはよく来ていた。安くておいしい飲食店や、大型ドラッグストア、個性的な書店などが道の両側に軒を連ねていて、学生には居心地のいいところだった。でも、事件を境に、ここには足を向けなくなった。泰宏の母親の店があったからだ。「麗《れい》」という名前の、カウンターだけの小さなスナックだった。

泰宏は、大学の同期生だった。何事にも超然としたところのある風変わりな男子で、あまり友達はいないようだったが、たまたま隣の席になった達朗が講義ノートを貸してあげたのがきっかけで、まず仲良くなった。

達朗とさやかは幼馴染だ。名古屋市郊外にある住宅地のごく近所で生まれ、兄妹のようにして育った。

幼稚園も小学校も中学校も高校も、さらに大学まで、二人はずっといっしょだった。中学までは地元の公立校だったが、高校と大学は、二人で相談して進学先を決めた。長年にわたって別れたりくっついたりを繰り返したが、大学三年生になった頃には、真剣に将来のことを考え始めた。あんな事件がなければ、おそらく結婚していただろうと思う。

泰宏と仲良くなるとほどなく、達朗はさやかを、自分のガールフレンドだと紹介した。それからは、ときどき三人で遊ぶようになった。さやかが膝の怪我でラクロス部を辞め、暇になってからは、毎日のようにツルむようになった。

泰宏の両親は、泰宏がまだ小学校に上がる前に離婚し、以来母親が女手ひとつで育ててくれたという。上賀茂《かみがも》神社にほど近いマンションに二人で暮らしていたが、明け方まで母親が帰ってこないこともあって、そこは三人の溜まり場になった。ひと晩じゅうテレビゲームをやったり、酒を飲みながらとりとめのない話をしたり、試験の前にはいっしょに勉強もした。

歩いて五分もかからないところを賀茂川が流れており、夜中に遊歩道に置かれたベンチで酒盛りをすることもあった。

そんなとき、あの事件が起きた。

その夜、馴染の定食屋で夕食をとってから泰宏のマンションに行ったのは、いつもと同じ流れだった。

*

大学はとっくに夏休みに入っており、翌日にはさやかも達朗も名古屋の実家に帰省することになっていた。三人は、雑然としたリビングの床に座り、焼酎の水割りをちびちび飲みながら、将来のことを話し合っていた。

三人揃ってかなり酔いが回ってきたとき、賀茂川に行こう、と泰宏が言い出した。母親が商店街の福引で当てた線香花火のセットがあるから、酔い覚ましにそれをやろうというのだ。時刻は午前一時近かったが、真夜中を過ぎてから賀茂川に繰り出すのもよくあることだった。

花火が終わったらそのまま帰るつもりで、さやかと達朗は、自転車を引いていった。二人が住む学生向けのワンルームマンションは、自転車で十分ほど走った北山通の近くにある。

泰宏は、金属バットを手にしていた。以前ひとりで賀茂川に行き、ベンチでビールを飲んでいたとき、数人の不良にからまれて金を脅し取られたことがあるらしく、それ以来、夜中に賀茂川に行くときには、護身用に持っていくことにしているのだという。

賀茂川べりに作られた遊歩道で、三人は、はしゃぎながら線香花火をした。辺りは静まり返っており、人の姿は全くない。天気はよく、満天に星が輝いていたが、昨日まで数日間続いた大雨のせいで川の水嵩《みずかさ》はずいぶん増えており、ゴウゴウと音を立てながら流れていた。

花火は、あっという間に終わってしまった。大学生活最後の夏休みということもあって、少しだけ感傷的な気分になっていたのかもしれない。なんとなく別れがたかった。きれいな星空の下で、もう少し話してもいいような気がした。泰宏も同じ気持ちだったのだろう、うちに戻ってビールを持ってくるからちょっと待っててくれ、と言い置き、さっさと行ってしまった。

残されたさやかと達朗は、酔いも手伝ってベンチでキスをした。達朗はそれ以上のことを求めてきた。泰宏が戻ってくるから、と拒んだが、達朗の手は止まらない。

おい、と声をかけられたのはそんなときだ。

ぎょっとして振り返ると、中年の男が土手の上から見下ろしていた。百八十センチはありそうな、がっちりとした体軀《たいく》の大男だった。あとで知ったところでは、男は元格闘家だったという。

――こんなとこでいちゃいちゃすんなや。

手にしていた缶チューハイをこっちに向かって投げつけると、男は滑るようにして土手を降りてきた。泥酔しているのがひと目でわかった。

立ち上がり、咄嗟《とっさ》にさやかを庇《かば》った達朗の両肩を摑むと、男はいきなり頭突きを食らわした。もんどりうって仰向けに倒れた達朗に覆いかぶさり、へらへら笑いながら絞め技をかける。

助けを呼ぼうと、さやかが声を上げようとしたとき、土手を駆け降りてくる足音がした。泰宏だった。

ベンチの脇に立てかけてあった金属バットを握ると、立ち上がった大男に向かって、泰宏はバットを振り回した。男は怯《ひる》まない。目をぎらつかせながらゆっくり近づいていく。

バットが腕に当たった。それでも男は向かっていく。逃げようとした泰宏の胸ぐらを摑んで足払いをかける。地面に転がされながらも、泰宏はバットを離さない。

達朗が後ろから男を羽交い締めにした。しかし、すぐに振りほどかれ、蹴り飛ばされる。腹を押さえながら、達朗がうずくまる。

バットを構え直すと、泰宏は男の正面に立った。

泰宏は、男の肩のあたりを狙ったように見えた。しかし、バットを振った瞬間、酔いのせいか男がよろめいて前屈みになり、側頭部に命中した。ゴツ、という鈍い音がした。男はその場に膝をついた。

しかし、頭を押さえながらも男は身体を起こした。そして、鬼のような形相で泰宏に向かっていった。

その場に立ちすくんでいた泰宏の喉に両手をかけると、男はそのまま、全体重をかけるようにして倒れ込んだ。下になった泰宏の身体が、グチャッというようなイヤな音を立てる。それでも男は手を離さない。首を絞め続ける。泰宏は白目を剝いて失神した。

男が立ち上がった。ふらつきながらも、今度はさやかに向かってくる。

あまりの恐怖で足が動かない。声を出すこともできない。

男の手がさやかの肩に伸びる。臭い息が顔に吹きかかる。

そこに、唸《うな》り声を上げながら達朗が頭から突進した。そして、川に向かって、渾身《こんしん》の力で男を突き飛ばした。

まるでスローモーションを見ているかのようにゆっくりと、男は仰向けに川に落ちていった。一瞬川面《かわも》から顔を出したが、すぐにまた沈み、それきり見えなくなる。

さやかは、へなへなとその場に尻をついた。

達朗が四つん這いで泰宏の許に行く。

半開きにした泰宏の口に手のひらを近づけた達朗は、息をしてない、とつぶやくように言った。

「麗」のあったところは、別の店になっていた。やはりスナックのようだった。

一度だけ、泰宏に連れられて店に入ったことがある。「麗」は、前に働いていた店で使っていた源氏名らしく、母親は、常連客からは「レイちゃん」と呼ばれていた。

母親は、泰宏を溺愛していたと思う。息子に不自由な思いをさせないよう必死に働き、大学まで進学させた。これから就職し、結婚し、孫の顔を見ることを楽しみにしていただろう。

そんな夢を、あの事件が全て奪ってしまった。

3

しばらく迷ったあと、さやかは自転車を降り、新しい店の横に停めた。正面の壁には、「未希《みき》」と書かれたパネルが貼られている。

ドアに鍵はかかっていなかった。

控え目に開け、

「ごめんください」

中に向かって声をかける。

カウンターの向こうで、くわえタバコでグラスを磨いていた中年女性が、目を細めてこっちを見た。この店のママだろう。

「あの、開店前にすいません」

ドアの中に半分身体を差し込みながら、頭を下げる。

「なに？　バイトは募集してへんけど」

「いえ、そうじゃなくて……、この店を前にやっていた人について、少しうかがいたいことがあるんですけど。あの……、佐藤麻美《さとうまみ》さんのことで」

佐藤麻美は、泰宏の母親の本名だ。

「どうぞ」

ママが手招きする。

「失礼します」

さやかは、ドアを閉め、カウンターの前に進んだ。

「あんた、麻美さんの知り合い？」

タバコを灰皿に押しつけながらママが訊く。

「はい、まあ……」

勧められるままに、さやかはスツールに腰を下ろした。

「前、ここでちょっとお世話になったことがあって」

咄嗟に嘘をついた。

「へえ、あんたが……」

意外そうな目をママが向ける。

「あの……、ママは麻美さんのこと、ご存じなんですか？」

「ここを譲ってもらうときに何度か会って話したから……。まあ、あたしはこの近くでずっと別の店やってたから、その前から顔ぐらいは知ってたけど」

「店がかわったのって……、何年ぐらい前ですか？」

「そうやねえ……」

斜め上に目を向けながら首を傾げる。

「もう六年以上になるかな。あの事件のあとやから」

事件――と聞いて、一瞬身体が強張《こわば》った。

「事件のこと、ご存じなんですか？」

「もちろん。息子さん、かわいそうなことしたな」

「そのあと、麻美さん、すぐ店を手放したんですか？」

「事件があってしばらくしてから……、確か同じ年の秋やったんと違うかな。脳梗塞で倒れはったんや。それから身体が半分動かんようになってしまって、店が続けられんようになって……」

「そうですか」

真如堂で見た女性は、杖をついていた。やはりあれは泰宏の母親だったのだ。

しかし、母親の身にそんなことが起きていたとは、全く知らなかった。

「今、どこで何をしているか、ご存じないですか？」

「さあ……」

顔をしかめながら首を振る。

「上賀茂のマンションも売って、息子さんが入院してる病院の近くのアパートに引っ越したとか聞いたことはあるけど、そのあとのことは……」

「そうですか」

泰宏はもう亡くなっている。病院の近くに住み続ける理由はない。

「誰か、知っていそうな方、ご存じないですか？」

「さあ……。もうずいぶん前のことやからねえ」

「そうですか」

もう六年以上も前のことなのだ。仕方がない。

「もし、バイト探してるんなら、うちで考えてあげてもええけど」

黙り込んださやかに向かって、ママが声をかけた。

「あ、いえ、結構です」

慌てて腰を上げる。どうやら誤解されているようだ。

「お忙しいところ、ありがとうございました」

礼を言い、ドアを開ける。

外に出る前、店内を振り返ると、元気だった頃の泰宏の母親の姿が、カウンターの向こうに見えたような気がした。

4

部屋に戻るとすぐ、さやかはパソコンを開いた。

真如堂に泰宏の母親がいたのは偶然ではなく、何か理由があるのかもしれない。それを調べてみようと思ったのだ。

母親は、境内の片隅にある地蔵堂の前にいた。そこで何を祈っていたのかが気になる。さやかは、お地蔵様を見るためにお堂の中を覗いたことはあったが、曰く因縁やご利益《りやく》について、これまで知ろうとしたことはなかった。

まず真如堂を検索する。

真如堂は、正式名称を「真正極楽寺《しんしょうごくらくじ》」という。本尊は阿弥陀如来、創立者は戒算《かいさん》。

本堂は京都市内にある天台宗の中で最大規模を誇り、重要文化財となっている。

続いて地蔵堂について調べる。

まず驚いたのは、このお堂が、京都にありながら「鎌倉地蔵堂」と呼ばれていることだった。

この地蔵堂には、不思議な伝説があった。


太古の昔——。中国に、九つの尾を持つ妖狐がいた。九尾の狐は、王の妾《めかけ》の身体に取り憑《つ》き、色香で王を操って、無実の人々を虐殺した。

妖狐は、その後、インドでも王子を惑わし、大殺戮《さつりく》を行なう。

日本に姿を現わしたのは、平安時代末期のこと。鳥羽上皇の寵愛《ちょうあい》を一身に受け、権力をほしいままにしていた絶世の美女、玉藻前《たまものまえ》。彼女こそが九尾の狐だった。

この魔物の正体を見破り、退治したのは、安倍晴明《あべのせいめい》の五代目子孫といわれる安倍泰親《やすちか》。やっとのことで那須《なす》の地まで逃げた九尾の狐は、大きな石に姿を変える。そして毒を吐き、周辺の生き物を根絶やしにする。人々はこの石を「殺生石《せっしょうせき》」と呼び、恐れ慄《おのの》く。

その噂を聞いてやって来たのが、曹洞宗の高僧である玄翁《げんのう》和尚だった。和尚は、念力を使って殺生石を真っ二つに叩き割った。金槌を「げんのう」と呼ぶのはこの伝説によるものだという。

玄翁和尚は、その後、妖狐によって殺された無実の人々の霊を慰めるために、割れた石を使って菩薩像を刻み、鎌倉に地蔵堂を建立する。

時は過ぎ、江戸時代の初め――。地蔵菩薩のお告げにより、お堂は鎌倉から京都の真如堂に移された。「鎌倉地蔵堂」と呼ばれるのはそのためだ。

解説の最後に、この地蔵菩薩のご利益が書かれていた。

それを読んださやかは、驚きに目を見開いた。

『鎌倉地蔵は、家内安全・福寿・延命などのご利益の他、無実の罪を晴らしたり、心の病が治るなどのご利益が、信仰の深さに応じてあると言われています』

「無実の罪を晴らす……」

妖狐に殺された無実の罪の人々の霊を慰めるために、鎌倉地蔵堂は建立された。それが、この地蔵菩薩独特のご利益に繋がっているということか。

だから泰宏の母親は祈っていたのだ。恐らく、事件が起きてからずっと、あの地蔵堂に来ていたのだろう。

自分たちがしてしまったことを、改めてさやかは後悔した。

――もう一度あの夜に戻れたら。

顔を両手で覆った。胸がしめつけられる。

さやかは、声を上げて泣いた。

あのとき——。

救急車を呼ぼうと携帯電話を取り出したさやかを、達朗は止めた。そして、俺たちはこの場にいなかったことにしよう、と言い出した。花火が終わったあと自分たち二人は帰った。泰宏は、いったん自宅に戻って、自分が飲むためのビールを片手に引き返した。星空を眺めながらひとりで酒を飲むのは、いつもやっていることだ。そして、そのあと男にからまれた。

泰宏は男の頭をバットで殴った。男はそれでも反撃し、逆に泰宏の首を絞めて殺した。その後、殴られて意識が朦朧《もうろう》としていた男は、足を滑らせて賀茂川に落ちた。それで辻《つじ》褄《つま》は合う。金属バットには泰宏の指紋しかついていないし、男も泰宏も死んでしまった。自分たちがその場にいた証拠はないのだ。

たとえ仕方のないことだったとはいえ、人を殺してしまった事実に違いはない。こっちは三人で、凶器になるバットも持っていた。正直に話したら、絶対になんらかの罪に問われてしまう。俺たちの将来のために黙っておこう、と達朗は言った。

そのときのさやかは、現実に起きたとは思えない出来事に、頭が真っ白になっていた。自分では何も考えられなかった。

泰宏を残し、二人は自転車で自分たちのマンションに戻った。そして、口裏合わせのための相談をした。

翌朝、いつものように大学に行くと、大騒ぎになっていた。テレビニュースやネットで事件のことがすでに伝えられていたのだ。達朗はすぐに警察に電話をかけた。昨夜三人がいっしょにいたことは、調べればわかってしまう。事件が公《おおやけ》になっている以上、こちらから連絡しないほうが不自然だ。

驚いたのは、泰宏がまだ生きていたことだった。意識不明の重体だが、一命はとりとめていた。

あのとき、もし救急車を呼んでいれば、重体には陥らず、意識も戻っていたかもしれない。夜が明けてジョギング中の人が通報するまで、泰宏はあの場に放っておかれたのだ。

男の溺死体が発見されたのも、同じ頃だったらしい。

母親は、息子が一対一で喧嘩などするはずはない、と言い張った。バットを持っていたのは万が一のとき威嚇するためで、攻撃するためではない。ましてや、自分より明らかに強い男なら、逃げるはずだ。相手は泥酔していたのだから、簡単に逃げられたはずなのだ。誰かを助けるために、息子はやむなく男をバットで殴ったに違いない。そして、その助けた相手が、さやかと達朗であることは明らかだ。母親は警察でそう主張した。

しかし、今更本当のことは言えなかった。証拠はなく、弁護士の力もあって、達朗とさやかは無罪放免となった。

一度だけ、達朗と二人で母親を訪ねたことがある。

掃除をする気力もないのか、埃《ほこり》が積もったリビングで、三人は向かい合って座った。憔悴《しょうすい》し切った母親の顔を見て、さやかは心の底から後悔した。達朗になんと言われようと、あのとき救急車を呼ぶべきだったのだ。

――俺たちが先に帰らなければ、あんなことは起きなかったんです。本当に申し訳ありません。

達朗はそう言って、床に頭をこすりつけた。

さやかは黙って頭を下げた。あの夜のことは全部俺が話すから黙っていろ、と達朗に命じられていたのだ。

母親は納得しなかった。繰り返し事実を問い詰めた。

さやかは、何度か口を開きかけた。嘘をついているのが苦しかった。泰宏と母親に申し訳なかった。

でも、言い出せなかった。怖かった。泰宏を放り出して逃げたことが公になれば、きっと何もかも失ってしまう。友人が去り、大学にも通えず、就職も棒に振り――、そして多分、達朗とも結婚できなくなる。

さやかはただ涙を流し、母親に頭を下げ続けた。

マンションを出て帰る途中、これでもう大丈夫だ、と達朗は言った。

その言葉を聞いて、さやかはその場に泣き崩れた。今のは自分の心の声だと思った。保身しか考えない、薄汚く弱い自分自身。

達朗は、やさしく背中をさすってくれた。でも、その顔は醜く歪《ゆが》んで見えた。

自分たちはもうだめかもしれない、とさやかは思った。

5

夜になると、さやかは達朗の実家に電話をかけた。

達朗の携帯番号は、大学卒業と同時に自分の携帯から消去していたが、高校時代の住所録が手元に残っていた。実家の電話番号がそこに書き込んであった。

達朗の父は、名古屋市内で精密機械部品を設計・製造する会社を経営している。大学卒業後、達朗は父のあとを継ぐため実家に戻ったはずだ。もし、今両親といっしょに住んでいなければ、携帯の番号を教えてもらうつもりだった。

突然さやかが電話してきたことに、母親は驚いた様子だった。別れたときのいきさつを達朗からどう聞いているのかは知らないが、少なくとも、その声には、懐かしさや親密さといった温かい感情は感じられなかった。言葉少なに挨拶を交わしただけで、母親は達朗に電話をかわった。

〈ちょっと待て〉

それだけ言うと、階段を上がるような足音がした。子機を持って、自分の部屋に行こうとしているのだろう。聞き耳を立てている母親から離れるために。

バタン、とドアが閉まる音がした直後、

〈なんだよ、急に〉

不機嫌そうな声がした。

〈お前、大学を卒業するとき、二度と俺とは会わないって言ったろ〉

「うん」

その通りだ。就職が決まっていた名古屋の企業も辞退して、今の会社に中途入社し、それからは実家にもほとんど帰らなかった。そして、ただがむしゃらに働いた。過去を全て捨てて、新しく人生をやり直したかった。

「泰宏のお母さんと会ったの」

いきなり、さやかは切り出した。

〈は？〉

「今日、泰宏のお母さんと会ったの。京都で」

話した。

さやかは、自分が今京都に住んでいること、今朝真如堂で起きたことをかいつまんで

達朗は絶句した。

「お母さんの様子は普通じゃなかった。きっとあの人の中では、事件はまだ終わってないのよ」

達朗は言葉を失っているようだった。荒い息遣いだけが聞こえていた。

〈そんな……〉

「ねえ、明日京都に来てくれない。日曜だから仕事は休みでしょ？」

まだ実家に住んでいるのなら、自分の家庭は持っていないだろう。休日の外出をとやかく言う者はいないはずだ。

〈本気で言ってるのか？〉

「本気よ、もちろん」

何故か、達朗と二人でもう一度真如堂に行くべきだと思った。そうしなければいけないのだと、強く感じていた。

〈俺が断わったら？〉

「警察に行って全部話す。殺人に時効はないでしょ？」

〈ふざけるな！〉

達朗は声を荒らげた。

〈あれは不可抗力みたいなもんだ〉

「それでも、私たちが嘘をついたのは間違いない。本当のことを話すべきだったのよ」

きっぱりとさやかは言った。

真如堂で泰宏の母親と出くわしたことで、今まで無理やり蓋をしていた本当の気持ちが、外に溢れ出しているのだと思った。今なら、過去と真っ直ぐ向き合えるかもしれない。これまでの歳月は、そのためにあったのかもしれない。

「とにかくこっちに来て。真如堂の前で待ってる。それから――、泰宏のお母さんのこと、調べられないかな。今、どこで何をしているのか、あのときの弁護士さんに訊けば、何かわかるかもしれない」

事件のあと、達朗の父親の会社で法律の顧問をしているという弁護士の紹介で、京都に事務所があるベテランの弁護士についてもらった。自分たちが無罪放免になったのは、その人の力もあったからだと思う。

「お願い。あなたが言うことを聞いてくれないんなら、これからすぐ警察に行く」

〈ちょっと待て〉

焦ったような声で止める。

〈わかったよ〉

しばらくして、絞り出すように言った。

〈明日、俺がそっちに行ったら、警察には行かないんだな〉

「泰宏のお母さんのことも――」

〈ああ、わかった。とにかく、これ以上電話じゃ話せない〉

「そうね」

確かに、電話で話すような内容ではない。

明日の待ち合わせ時間を決めると、さやかはスマホを切った。

6

待ち合わせの時間通り真如堂の前に行くと、そこにはすでに達朗がいた。

会うのは大学卒業以来だったが、なんの感慨も湧かなかった。幼馴染という感覚すら、もはやひとかけらもない。

「お前に話すことがある」

いきなり目の前に立つと、険しい表情で達朗は言った。

「私もあるわ。とにかく、来て」

横を通り抜け、さやかは石畳を歩き始めた。

「もう終わったことなんだ」

あとに続きながら、達朗が声をかける。

「まだ終わってない」

前を見たまま応える。

「あの男が死んだのは、俺のせいじゃない」

「わかってる」

さやかは立ち止まり、振り返った。

「あれは仕方のないことだった。問題は、私たちが逃げたことよ。私はもう逃げたくない」

二人の視線がぶつかった。

先に目を逸らしたのは、達朗のほうだった。

前に向き直ると、さやかは朱塗りの門をくぐった。右手前方に三重塔。その手前に地蔵堂がある。昨日、泰宏の母親は、そのお堂の前にいた。

木製の格子扉の向こうにいるお地蔵様は、眠っているかのような穏やかな顔で立っている。そのお姿は、菩薩像というにふさわしい。

「ここにいたのよ、泰宏のお母さん」

地蔵堂の前に立ち、さやかが告げると、達朗は思い切り顔をしかめた。

「お前、一度医者に診てもらったほうがいいぞ」

「どういう意味よ」

「泰宏のお袋さんは、とっくに死んでる」

さやかは、達朗を振り返った。

「何言ってんのよ。私は昨日――」

「死んでんだよ、俺たちの卒業式の翌日に。それも――」

そこで達朗は、空唾《からつば》を呑み込んだ。

「この真如堂で倒れて、病院に運ばれて」

今度は、さやかが言葉を失った。

「だって、私――」

「だから、医者に行けって言ってんだよ」

そう言いながらも、達朗はお堂に近づこうとしない。

さやかの頭がおかしくなった、と思うのと同時に、奇妙な一致に慄いているのは明らかだった。

「お前には黙ってたけど、俺は、母親のことは弁護士から報告を受けてたんだ。事件があった年の秋に脳梗塞で倒れて、身体の半分が不自由になったそうだ。それで、次の年の三月に――」

さやかは、呆然としながら達朗を見た。

「卒業式の翌日に……、ここで……？」

「その地蔵堂の前から、本堂のほうに向かおうとして――、それで倒れたそうだ。ちょうど後ろから人が来ていて……、その人が救急車を呼んだらしい。すぐに病院に搬送したけど、そのまま……。心筋梗塞だったって」

「それも、弁護士から聞いたの？」

「ああ」

「どうして教えてくれなかったの」

「お前が動揺すると思ったから」

「私が動揺して……、本当のことを警察に話すとでも思ったの？」

「いや、そういうわけじゃ……」

顔を伏せ、口ごもる。

泰宏は、植物状態になりながらも生き続けた。そして、さやかたちが大学を卒業した年の秋、息を引き取った。葬式が終わったあとになって、そのことだけは弁護士から連絡を受けた。母親についてはいっさい教えてくれなかった。

――私が昨日見たのは――、幽霊か？

自分ににじり寄ってきたときの、鬼気迫る姿が脳裏に甦った。

恐怖で身体が硬直した。息が苦しい。

もしかしたら——、とさやかは思った。学生のときにも、泰宏の母親とここでニアミスしているかもしれない。

目を閉じ、必死で思い起こす。

大学の卒業式の翌日——。京都を離れる日に、自分はここに来た。泰宏が目を覚ましたら、自分が苦しい立場に追い込まれるのはわかっていた。それでも、回復を祈らずにはいられなかったのだ。

そのときのことが、遠い記憶の底から徐々に甦ってくる。

いつものように、さやかは走った。道端にあるお地蔵様に祈り、坂道を上り、石畳を駆けて真如堂の門をくぐる。

「ああ……」

思わずさやかは声を上げた。背筋が凍りついた。

あの日も自分は、地蔵堂の前で誰かが立ち上がる姿を見たのではなかったか。昨日と同じように。

不意に、目の前の空気が揺らめいた。すると、地蔵堂の前で膝をついて祈る女性のシルエットが浮かんだ。泰宏の母親だ。

——杖をついて、母親が立ち上がる。

――ふと横を向くと、すぐ脇をさやかが駆け抜けていく。

――母親は驚く。そして、これは地蔵菩薩様のお導きだと思う。

――さやかを呼び止めようとする。しかし、母親の口からは、言葉にならない掠《かす》れた音しか出てこない。

――さやかが遠ざかっていく。杖をつきながら、必死で追いかける。この場でもう一度事実を問い質《ただ》したい。それだけを思って。

――さやかが本堂の裏手に向かう。その姿が視界から消える。

――参道の途中で、母親は突然胸の痛みに襲われる。

――逃がすものか。母親は心の中で叫ぶ。しかし、意識は急速に薄れていく。

ハッと、さやかは我に返った。全身に冷や汗をかいている。

母親のシルエットは、すでに消えていた。目の前には地蔵堂があるだけだ。

さやかは、昨日母親がうずくまっていた場所に目を向けた。

大学の卒業式の翌日――。母親がそこで倒れたとき、たまたますぐ後ろから来ていた人が、救急車を呼んだ。

サイレンが聞こえる。音楽のボリュームを上げる。しかし、音は消えない。どんどん近づいてくる。

さやかは顔をしかめた。思い出したのだ。

――あのとき、私は逃げた。

サイレンの音はどんどん大きくなった。救急車は明らかに、真如堂のすぐ近くまで来た。本堂の表がざわめいているのがわかった。だから自分は、正面には回らず、裏から山を下りたのだ。

――何も知らずに、私はその場を離れた。

そのときのことは、地方紙では小さな記事になっていたかもしれない。でも、さやかはその日のうちに京都を離れていた。

事件から半年以上経っているし、元々泰宏は友達が少なかったから、死んだのが泰宏の母親だと気づいた者は、大学の同期生の中にはほとんどいなかっただろう。スナックでは「レイちゃん」と呼ばれていたから、本名を知る人も少なかったはずだ。

――私のせいで、泰宏のお母さんは亡くなった。私は何も知らずに過ごしてきたのだ。

さやかはその場に崩れ落ちた。

「大丈夫か」

達朗が駆け寄り、肩に手をかける。

「ごめんなさい」

地面にひれ伏した。涙が溢れ出した。

「ごめんなさい、ごめんなさい――」

地蔵菩薩に向かって、さやかは、何度も繰り返した。

7

闇の中に、ぽつりぽつりとオレンジ色の点が現われた。

最初小さかった火は、徐々に大きくなり、やがて「大」の文字を山の斜面に浮かび上がらせた。

さやかは、自宅マンションのベランダから点火の様子を見守った。遠く離れてはいるが、視界を遮る高い建物はない。こうしてひとり静かにこの夜を迎えるのは、初めてのことだった。

送り火は、その名の通り、死者の霊をあの世へ送るための行事だ。

この世に戻っていた死者の霊が、あの世へと帰って行く。その中にはきっと、泰宏の母親もいるはずだ。

彼女の霊は、真如堂の中をさ迷っていた。さやかがまた現われるのを、ずっと待っていたのかもしれない。

達朗は、全てさやかの妄想だと言った。でも、それでは、あの朝自分が見たものの説明がつかない。参道でうずくまっていた女性は、確かに右手に杖を握っていた。でも、さやかは、そのときはまだ、母親の半身が麻痺していることは知らなかったのだ。あれはやはり、泰宏の母親の霊なのだと思う。

あのあと、必死で止めようとする達朗を振り切り、さやかは警察に出頭した。達朗はすぐに弁護士に連絡を取り、さやかの精神状態が普通ではなくなっている、と話したようだ。

警察が再捜査を始めるのかどうかは、まだ決まっていない。しかし、このまま終わらせるわけにはいかない。

泰宏と過ごした日々の思い出を大切にするためにも、泰宏の母親の霊が二度と迷わないためにも、そして、今度こそ新しく人生をやり直すためにも、真実を明らかにしなければいけない。

お地蔵様が、きっと見守ってくれる。

二十年目の桜疎水

1

北欧の冬は、長く暗い。半年近くもの間、太陽はめったに顔を出さず、空は一日中厚い雲に覆われている。

誰もが北欧の冬は憂鬱だと言う。誰もが太陽を恋しがる。

でも、私はこの冬が嫌いではない。

日本からスウェーデンに移り住んで二十年。重く暗い冬は、むしろ私の心を落ち着かせてくれる。まばゆいばかりの日の光は、逆に気持ちをざわめかせるだけだ。

二十年前に起きた出来事が、光を受けつけなくなってしまった原因なのは間違いない。私は明るい場所を避け、闇の中に逃げ込もうとした。

思えば、カリフォルニアの大学からの誘いを断わり、スウェーデンの大学の日本語学科に補助教員として赴任することを決めたのは、一年中青空が広がっているカリフォルニアという土地に恐れを感じたからだった。私は灰色の空を持つ北欧を選んだ。それは正しい選択だったと思う。スウェーデンの気候とそこに住む穏やかな人々は、傷ついた私の心を癒してくれた。

私はスウェーデンの首都ストックホルムにある大学の日本語学科で教え、金髪碧眼《へきがん》の女性と結婚してスウェーデンの国籍を取得した。結婚後は地元の大学の言語学科に入学して学び、必要な単位を取得すると、スウェーデン人の正式な教員として再び大学の日本語学科で教鞭をとった。その後数年で妻とは別れ、主任教授とトラブルを起こして勤めていた大学も首になった。私はスウェーデン南西部にあるヨーテボリという都市に移り住み、その町にある大学に職を得た。

順風満帆の人生とは言えなかったが、スウェーデンから離れようと考えたことは一度もない。二十三歳のとき海を渡ってから、日本に帰ったのはほんの数度だけ。この五年間は一度も里帰りしていない。日本は私にとって遠い国になっていた。

しかし、長かった冬がようやく終わろうとしていた三月末。明け方に鳴り響いた電話のベルが、再び日本と私を結びつけた。

それは私にとって、新しい人生の幕開けを告げるベルだったのかもしれない。

そのとき、私はまだベッドの中にいた。

枕許のスタンドのスイッチを入れ、目覚まし時計を見ると、朝の六時過ぎだった。寝ぼけたまま腕を伸ばして受話器を取る。

電話は日本からだった。朦朧《もうろう》としている頭の中に「正春《まさはる》さん？」と緊張に強張《こわば》った女性の声が響く。もう十年以上会っていない叔母からだ。

叔母は、母の危篤を告げた。

2

大学に休暇届を出し、空港に向かった。その日の夕方、モスクワ経由成田行の飛行機に乗ることができた。ストックホルムからモスクワに飛び、暗く陰鬱な空港の待合室で一夜を明かし、翌日の便で日本に向かう。

成田に着いたのは昼過ぎだった。空港から叔母の携帯に電話すると、早くしないと間に合わないかもしれない、と切羽詰まったような声で告げられた。急いでバスに乗り込み、東京駅から新幹線で生まれ故郷の静岡に向かう。

五年も日本に帰らなかったことを私は激しく後悔していた。車窓を流れる久し振りに見る日本の風景も、頭の中を素通りした。

小学三年生のとき父が死んでから、母は女手ひとつで私を育ててくれた。しかし私は母の期待を裏切り続けた。静岡の大学に入ってほしいという母の希望を無視して京都の大学に進み、卒業後は地元に戻って来るようにという母の言葉に逆らって大学院に進んだ。そして、京都で結婚しようとした。

母が鬱陶しかった。何度も事業に失敗して借金まみれになった挙句に、くも膜下出血で急死した父を母は恨み、ひとり息子である自分には絶対に父親のようになるなと言い続けた。そして、私を自分の価値観で縛り続け、成長すると今度は精神的に依存するようになった。私は母から逃れるために静岡を離れたのだ。だが、それも昔のことだ。

心臓が弱っているため、もういつ倒れてもおかしくない状態だということが、二年ほど前から何度も繰り返し手紙に書かれていた。しかしそれは、私を日本に帰らせる口実だと思った。母からの手紙は、帰国しようという気持ちを逆に萎えさせた。

私は座席にもたれ、目を閉じた。五年前帰国したときの別れの朝、自宅マンションの前で涙を流しながら見送ってくれた母の姿が瞼の裏に浮かんだ。苦い思いが胸に湧いた。

母は今年七十二歳になる。たとえ手紙の内容が嘘だったとしても、老いた母親の様子を見るためにだけでも、ときどきは日本に帰るべきだったのだ。

しかし、もう手遅れだ。今、母は危篤の床にある。

新幹線が静岡駅に着く前に座席を離れると、私はドアの前に立った。早くしないと間に合わないかもしれない、という叔母の言葉が頭の中で繰り返し響いていた。

列車が停まりドアが開いた瞬間にホームに飛び出し、改札に向かって駆け出す。走りながら、死ぬ前にひと目でも母に会えるよう祈った。ごめん、とひとことだけあやまりたかった。

タクシーで病院前に乗りつけ、再び駆け出す。受付でＩＣＵの場所を聞き、また走る。六畳ほどの広さの病室の中には、電話をくれた叔母をはじめ、数人の親戚が集まっていた。ドアの横には医師と看護師が立ち、ベッドの上の母を見守っていた。母の身体からは何本もの管が延び、奥の機械に繋がっている。顔は蠟のように白く、全く生気が感じられない。変わり果てたその姿に、しばらくの間私は呆然と入り口で立ち尽くしていた。

ベッド脇に立つ叔母が、早く、というように手招きする。

母はまだ生きていた。酸素マスクをつけた顔を仰向けにして、虚《うつ》ろな瞳を天井に向けている。すでに瞬きする力さえ残っていないように見えた。

それでも母は「母さん」という私の呼びかけに反応した。微《かす》かに首を捻《ひね》り、私に視線を向ける。一瞬驚いたようにその目が開かれ、すぐに苦しげに細められた。

「母さん」

もう一度私が呼びかけると、母は睫《まつ》毛《げ》を震わせながら再びゆっくりと目を見開いた。

医師が近寄り、母の口からマスクを外す。

微かに唇が動いた。

私は母の口許に耳を寄せ、痩せ細った左手を両手で握った。

「正春」

囁《ささや》くようにして私の名を呼ぶ。

「ごめんな。全然帰って来なくて」

母の口許が弛《ゆる》んだ。

「元気なの？」

「ああ、元気だ」

「よかった……。会えて」

「うん」

握った手に力を込める。

母が口の中で何かつぶやいた。しかし、言葉は聞き取れない。

「なに？」

私はさらに顔を寄せた。

「ごめんね」

苦しげな声だった。見ると、顔が歪《ゆが》んでいる。

「あやまるのは僕のほうだよ」

母の耳許に唇を近づけて言った。母が小さく首を振る。

「私のせいで……、つらい思いをさせてしまって……」

「つらい思い？」

母がうなずく。何のことを言っているのかわからなかった。つらい思いをさせてしまったのは私のほうだ。

「お前が日本を出て行く前……、二十年前に……」

掠《かす》れた声で母が続ける。

「私のせいで……、お前は、あの子と結婚できなかった」

雅子《まさこ》のことだ。私は眉をひそめた。今頃何を言い出すのだ。

「違うよ」

私は首を振った。

「別に母さんのせいじゃない」

「手紙を、出したの。雅子さんに……」

「手紙？」

――母が雅子に手紙を出していた？

初めて聞く話だった。鼓動が速まるのを感じた。

「ごめんね。そのせいで――」

母はそこで絶句した。周りを囲んだ親戚たちが固唾《かたず》を呑んでいるのが気配でわかった。

母と二人だけになりたかった。二人きりになって問い質《ただ》したかった。しかしもうそんな時間はない。

「ずっと、あやまらなくちゃって……、思ってた……」

「あやまる、って……。いったい雅子にどんな手紙を出したっていうんだ」

母の瞳から涙がこぼれ落ちた。しばらくの間私たちは黙って見つめ合った。その表情は悲しげだった。心から何かを後悔しているように見えた。

しかし、母の口からは、それ以上言葉は出てこなかった。呼吸が浅く、速くなった。医師が近寄り、酸素マスクをかける。

ほどなく母は昏睡状態に陥り、数時間後にひっそりと息を引き取った。

3

通夜、葬式、火葬、納骨――と、死後の儀式は慌ただしく過ぎて行った。その間、私の頭の中は、母が雅子に出したという手紙のことで占められていた。全てが終わり、母が暮らしていたマンションで一人きりになると、ますます頭から離れなくなった。

それが私と別れることを促すような内容だったのは確かだ。問題は、雅子がその手紙にどれだけ影響を受けたかだった。

――そんなことはない。

母の遺影の前で、私は母の思い込みを否定した。雅子が母の手紙で心を動かされるはずはない。雅子はそんな女性ではない。

位牌が置かれた和室を出てダイニングルームに入り、冷蔵庫から缶ビールを取り出す。ひとくち呷《あお》ると、ほろ苦い味が舌に広がった。同時に、雅子と別れなければならなかった日のことが頭に甦《よみがえ》る。ビールの苦味が増した。忘れようと努めてきた雅子の記憶が、母の臨終の言葉によって胸の奥底から引きずり出されてしまった。

大きくひとつ息をつき、もう一度ビールを呷る。

目を閉じると、出会った頃の雅子の姿が瞼《まぶた》の裏に浮かんだ。

＊

初めて会ったのは、私の大学の学園祭だった。

私は文学部の二年、雅子は京都市内にある芸術大学でグラフィックデザインを専攻する一年生。私と同じクラスの女子学生が雅子のいとこで、たまたま彼女と屋台でフランクフルトを焼いていたところに雅子がやって来たのだった。そこで紹介され、何となく意気投合した。雅子は美人というわけではないが、くるくるとよく動く大きな瞳を持つ可愛い女の子だった。私は一目で彼女に好意を持った。

その一週間後、今度は私が雅子の大学の学園祭に行った。そして、その帰りに酒を飲み、酔った勢いもあって私のアパートに泊まった。二人ともそのときが初体験だった。

終わったあと雅子は、痛かったけどすっきりした、と言って笑った。

「処女なんか早く捨てたかったけど、やっぱり初めてのときはピンときた人としたかったから」

「何だよ、ピンときた人って」

自分も初めてでうまくできなかった恥ずかしさもあり、口調は自然とぶっきらぼうになった。

「ピンときた人はピンときた人よ。要は私とフィーリングが合う人」

すました顔で雅子が言う。私は鼻を鳴らした。

「俺がそういう人間だと思ったんだ」

「うん」

「まだ二回しか会ってないぜ」

「回数は問題じゃないの。初めて見たときから正春クンにはピンときてたんやから」

私に抱きつくと雅子は、まだ股の間に何か挟まってるような変な気分だ、と言ってケラケラと陽気に笑った。

それから私たちは、毎日のように会うようになった。彼女の父親は京都市内にある私立大学の教授で、実家も市内にあったが、彼女は三日とあけず私のアパートに泊まりにやって来た。両親は放任主義らしく、外泊を繰り返すひとり娘を咎《とが》めることは全くないという。

私は雅子の自由奔放さに惹かれた。夜中に突然ウォッカのボトルを持ってアパートに現われ、明け方まで飲み続けて二日酔いで大学に出かけて行き、それでも夕方には、自分が描いたデザイン画だ、と言って誇らしげにスケッチブックを見せる。そんな雅子が愛しくてたまらなかった。

雅子は、私の顔が好きだ、と何度も繰り返した。ハンサムとは言えないが、とぼけた味のある顔だという。誉められてるのか、けなされてるのかわからない、と文句を言うと、もちろん誉めてるのだ、と真面目な顔で言い返す。

「顔全体にやさしさが滲《にじ》み出てる。けど、目には何となく暗い陰がある。そのアンバランスさがたまらなく好き」

目に陰がある、という言葉に一瞬ドキッとしたが、雅子はそんな私の反応にはお構いなく、抱きついてキスの雨を降らせた。

雅子の実家は、京都市の北部、松ケ崎《まつがさき》疎水沿いの屋敷町の中にあった。大学三年の夏休みに、疎水に沿って作られた道を歩いて初めてその家に行った。

ここは京都の隠れた桜の名所なのだ、と疎水の道を歩きながら雅子は教えてくれた。確かに幅五メートルほどの疎水の両側に桜並木が続いている。春に来たらさぞかしきれいだろうと思った。

雅子が生まれ育った家は、いかにも大学教授が住みそうな雰囲気を漂わせる、洋館風二階建てのシックな屋敷だった。明るい茶色をした屋根、木枠のしゃれた窓、灰色の石壁、両側に色とりどりの花が植えられた石畳のポーチ——。物心ついたときから無機質なマンションで暮らしてきた私には、思わずため息が出るような素敵な家だった。

パイプでもくゆらせながら登場するのかと思って身構えていたのだが、五十代半ばに見える大学教授はステテコ姿で庭いじりをしていた。私の姿を見ると、被っていた麦藁帽子をとって、やあ、と挨拶する。

母親は、まあまあお父さんそんな格好で、と文句を言いながらも顔はにこにこ笑っていた。スラリとした長身で、ショートカットの髪はきれいな栗色に染められている。身に着けているのは、デニムのパンツに白いTシャツ。教授とは十歳違いだと雅子から聞いていたから四十代半ばぐらいのはずだが、まるで女子学生のようだ。

夏なのに夕食は鶏鍋だった。暑いときに熱いものを汗をダラダラ流しながら食べるのが健康にいいのだ、と言って、教授は豪快に笑った。その様子を母親は困ったような顔をして見ていたが、それでもやはり口許は微笑んでいた。雅子は、お父さんは常識がないだの、お母さんは若作りし過ぎでみっともないだの、言いたいことを言いながら、鍋奉行の役をしっかりこなしていた。

こういう家族もあるんだなと、私は妙な具合に感心しながら雅子たち一家の様子を観察していた。自分とは別の世界に住む人たちなのだと感じた。

父を亡くしてから、母は、平日は保険の外交員、休日にはスーパーのレジ係として休みなく働いていた。そうした母の頑張りのおかげで、父なしでもなんとか経済的に困窮することなく生活を送れたのだが、おかげで私は「家族団欒《だんらん》」などという言葉からは程遠い子ども時代を過ごさなければならなかった。

いつも疲れた顔をしていた母は、「母さんはお前のために頑張ってるんだから」が口癖だった。母は、私が地元の大学を出て地元で公務員になり従順な嫁をもらい、死ぬまで自分の面倒を見てくれることを望んだ。それがこれだけ必死で働き続けている自分に対する息子の務めだと考えていた。

母に対する感謝の気持ちがなかったわけではない。でも、私に自分の夢を強制しようとする鬱陶しさのほうが何倍も勝っていた。

私は、京都の公立大学に進学した。奨学金を借り、掛け持ちでアルバイトもし、金銭的な援助はなるべく受けないようにした。とにかく、母の手の中から逃げたかった。

雅子たち家族は私の憧れになった。たまに雅子一家と囲む夕食のテーブルが、何だか遅れて自分にやって来た「家族団欒」のように思えた。私は雅子と結婚して京都に住むことを夢想するようになった。

大学四年の秋、私はプロポーズした。雅子は、いいんじゃない、とひとこと応え、いたずらっ子のように舌を出して笑った。私はそのとき大学院に進むことを決めていたし、雅子はまだ大学三年で将来はデザイナーになることを希望していたから、結婚するにしてもまだ数年先のことではあった。ただ私は、大学を卒業したら静岡に戻って来るものと決めてかかっている母に、最後通牒《さいごつうちょう》を突きつけたかったのだ。私は京都の女性と結婚してずっと関西に住む――。きっぱりとそう宣言したかった。

冬休みに実家に帰ったとき、私は結婚話を切り出した。母は、最初は唖然《あぜん》とし、次に怒りの言葉を発し、最後には自分の許に帰ってきてほしいと懇願した。しかし私は、はっきりとそれを拒否した。いずれ年老いたとき面倒を見るのはやぶさかではない。でも、それまでは自分の思った通りにさせてほしい。そう言った。そして、「私はこれまでずっとお前のために苦労してきた」と繰り返す母を残し、正月を迎える前に家を出て京都に戻った。母は私と二人で正月を迎えることを楽しみにしていたはずだ。冷たい仕打ちだったかもしれないと少し後悔したが、こうでもしなければ母を説き伏せることはできないと思った。

京都に戻ってその話をすると、雅子は母に対する私の態度に腹を立て、自分が行って母と直接話をする、と言い張った。その剣幕に私は渋々同意した。

私たちは、正月が明けて間もなくもう一度静岡に行った。私と雅子は母と向かい合い、大学のことや家族のことなど、取り止めのない話をした。私たちが結婚のことに触れると、母はすぐに、その話は今はしたくない、と拒絶した。母は頑《かたく》なだった。

「まあ、ボチボチやろう」

帰りの新幹線の中で雅子は明るい声を出した。

「お母さんもそのうちわかってくれるよ。私も頑張るから」

そう言って肩を叩く。ああ、そうだな、と私は応えたが、母が簡単に結婚を許してくれるとは思えなかった。

憂鬱な気分で、私は車窓を流れる景色に目をやった。


事態が急転したのは、そのわずか三ヶ月後のことだった。

京都が一年で最も美しく彩られる桜の季節、雅子の乗った車が事故に遭ったのだ。酒酔い運転していたトラックと衝突した車は横転炎上し、運転していた友人の女性は死亡、雅子は半身に重度の火傷《やけど》を負った。

火傷は、顔にも及んでいた。

4

スウェーデンに戻る日が近づいていた。

私は迷っていた。

母が臨終のとき発した言葉が、雅子の記憶を呼び起こしてしまった。今雅子がどんな暮らしをしているのか知りたい。母が出したという手紙が雅子に何らかの影響を与えたのかどうかを確かめたい。そんな欲求が日増しに大きくなっていた。

今京都に行ったからといって、雅子に会えるとは思えない。その可能性はほとんどないだろうと思う。しかし、そうするしかなかった。このまま日本を出たら後悔するのは目に見えていた。

日本を離れる前日、私は京都行の新幹線に乗った。


二十年振りの京都だった。

中国人の団体観光客を搔《か》き分けるようにして駅ビルの外に出ると、真っ直ぐタクシー乗り場に向かった。

七条通を東に向かい、鴨《かも》川を渡って川端《かわばた》通を北に向かう。四条通の東の突き当たりに八坂神社の朱塗りの建物を見たときには懐かしさが湧いた。四条界隈の賑わいも、道路に沿って続く桜並木の美しさも昔と変わらない。不意に時間が二十年前に巻き戻されたかのような錯覚に囚《とら》われた。鴨川の土手に、寄り添うように座っているカップルが、かつての私と雅子の姿と重なった。

さらに北に進むと、鴨川沿いに建つ大学病院の建物が目に入った。雅子が入院していた病院だ。

事故後、初めて雅子を見舞ったときのことが脳裏を過《よぎ》る。

私は目を閉じ、深いため息をついた。

＊

事故後一ヶ月はＩＣＵでの治療が続き、親族以外面会謝絶の状態が続いた。雅子の両親は私も面会できるよう取り計らうと言ってくれたが、雅子のほうが面会を拒んでいた。その理由を、初めて病室に入ったとき私は理解した。

右顔面を包帯で覆った雅子は、真新しい毛糸の帽子を目深《まぶか》に被っていた。帽子はこの日のために用意したのだろう。

顔を含めた右半身にひどい火傷を負った——。両親にそう聞いていたから、ベッドの雅子の姿は想像の範囲ではあったが、それでもその姿は痛々しく、少なからぬ衝撃を受けた。

雅子は変わり果てた自分の姿を私に見せたくなかったのだろう。私と面会するのは、せめて焼け焦げた髪が伸び、整形で顔の傷跡が目立たなくなってからと思っていたのかもしれない。でも、私は待てなかった。ＩＣＵから一般病棟の個室に移ってすぐ、両親に無理やり頼み込んで面会の許可を取りつけた。

努めて平静を装い、雅子に向かって微笑みかけながらベッドに近づく。

「ブスになっちゃった」

私がベッド脇のパイプ椅子に腰を下ろすのを待って、雅子が言った。口許は笑っていたが、包帯で覆われていない左の瞳は悲しげに揺れている。

私は唇の右側に見えるケロイドに目をとめ、すぐにぎこちなく視線を逸らした。雅子の手を握り、笑顔を作る。

「何言ってんだよ。お前は元々ブスじゃねえか」

「けど、お岩さんみたいになってるのよ」

「アホか。お岩さんは美人なんだぞ」

「そんなこと言うけど、私の顔の右半分は火傷で……」

「雅子」

私は手を強く握り締めた。

「日本の医療技術を信じろよ。火傷の跡なんて目立たないようにしてくれるから」

「けどね、本当にひどいねんよ。事故のあと初めて鏡を見たとき、私泣いちゃった」

「大丈夫だよ」

そう言うしかなかった。

「大丈夫」

私は繰り返した。

「ねえ」

「なんだ」

「私の顔が元通りにならなくても、正春クン、ずっと私といっしょにいてくれる？」

雅子はじっと私の目を見つめた。

「ああ」

「ほんまに？」

「ああ、ほんまにほんまや」

関西弁でおどけ、無理に笑顔を作りながらも、私は唇の横から目が離せなくなっていた。私と話すために唇を動かしているせいで包帯が少しずつずれ、それまで隠れていた部分が見えるようになっていたのだ。

私は包帯の下に広がるケロイドを想像した。赤紫に変色し、ただれた顔――。胸の奥に、すっと冷たい風が吹いた。思わずほんの一瞬雅子から目を逸らした。

私の動揺を雅子は見逃さなかった。左目を閉じ、小さくため息をつく。私は慌てて、何があっても雅子は雅子だから、と取り繕ったが、雅子は弱々しい笑みを返しただけだった。

それからは、会えなかったこの一ヶ月の間に身の回りで起こった当たりさわりのないことを話した。十分ほど話すと雅子は、疲れたから、とつぶやくように言った。それを機に私は立ち上がった。

また来るから、と言い置き、手を振ってベッドを離れる。

病院の外に出ると、堰《せき》を切ったように涙が溢れ出した。何故泣いているのかわからなかった。

——雅子を襲った不幸を悲しんでいるのか。

——変わってしまった雅子を受け入れられない自分の弱さに絶望しているのか。

——わずか一ヶ月前までの幸福な二人に戻れないことを嘆いているのか。

どうしたらいいのかわからず、私はただ泣きながら歩き続けた。

数週間後、雅子は退院した。

手術とその後の治療でケロイドはだいぶ消えたが、それでも唇から頬にかけては引きつれたような跡がはっきり残った。瞼が焼けただれたせいか、右目は左目よりほんの少し小さく、いびつな形になってしまった。髪の毛は全体的に以前より薄く、ところどころで地肌が透けて見えていた。普段雅子は帽子を被り、薄く色のついたサングラスをかけるようになった。

私は週末になると雅子の実家に行った。両親は以前と変わらず歓待してくれたし、雅子も上辺は事故の前と同じように明るく振る舞っていた。ただ、二人きりになると途端に気詰まりになった。病室で包帯の下のケロイドのことを想像したときの気持ちを、私はまだ引きずっていた。

私たちはすでに結婚の約束をしている。不慮の事故で顔が変わってしまったからといって、その約束を反故《ほご》にするなど許されるべきことではない。でも、今の気持ちのまま結婚してもうまくいくかどうか自信はなかった。ぎこちなくなってしまった二人の関係も、今の雅子の状態に私が慣れさえすれば前と同じようになれる。そう信じ、私は雅子の家に通い続けた。

事故から半年余りが過ぎたその年の秋のことだった。深夜、雅子が突然私のアパートに現われた。事故に遭ってから私の部屋に来るのは初めてだった。

膝を複雑骨折した後遺症で右足を軽く引きずりながら、雅子は部屋に入って来た。

「びっくりするやないか、こんな夜中にいきなり。いったいどうしたんだよ」

私は驚き、焦って呂律のよく回らない口調でたずねた。

「悪かった？　けど私、ここにはいつもいきなり来てたよ」

ぐっと私は詰まった。確かに雅子はいつでも突然私のアパートにやって来ていた。

ドアを閉めると、雅子は八畳一間の部屋の奥に置かれたベッドまで歩いた。ジャケットを脱いでベッドの上に置き、その端に腰を下ろす。

「相変わらず汚いな、ここは」

本や衣類が散らかる部屋を見回しながら言った。

「悪かったな」

ドアをロックし、振り向くと、雅子が思いつめたような顔で私を見ていた。

「何だよ」

「ねえ、しよう」

私に真っ直ぐ視線を向けたまま雅子は言った。私はドアの前で立ち尽くした。

退院してから何度か唇は合わせたことがあった。しかし裸で抱き合ったことはない。

事故に遭ってから私は雅子の裸を見たことがなかった。

雅子は帽子を取り、サングラスを外し、そしてブラウスを脱ぎ始めた。私は一歩も動けない。

やめろ――。そう声に出しそうになり、言葉を呑み込んだ。

雅子とは、知り合ってから、この部屋のベッドで何十回も抱き合った。今止めるのは不自然なことなのだ。私は雅子を抱くべきなのだ。

しかし、足が動かなかった。着ているものを順に脱いでゆく雅子の様子を、私はただ呆然と見つめていた。

全てを脱ぎ捨てると、雅子はゆっくり立ち上がった。

右肩から乳房、脇腹、そして太股《ふともも》にかけて、ケロイドが続いていた。数秒そのままでいたあと、雅子は、今度は背中を見せた。やはり右半身を中心にくっきりとケロイドが浮かんでいた。

私は歯を食い縛り、前に進み出た。抱けないはずがない、と思った。私は雅子を心から愛している。その気持ちは事故に遭ってからも変わってはいない。抱けないはずはない。

私は後ろから雅子を抱き締めた。

その身体は小刻みに震えていた。

前を向かせ、唇を重ねた。そのままベッドに倒れ込む。雅子は左右いびつな形をした瞳を潤ませて私を見上げている。

私は雅子の顔から目を背け、着ているものを脱ぎ捨てながら裸の身体に目を走らせた。火傷のために変形してしまった右の乳首と乳輪。引きつれ、盛り上がり、変色した皮膚。火傷の跡を見ながら、それらを全て受け入れなければならないのだ、と自分に言い聞かせた。

雅子の背中に回した腕に力を込めた。激しく唇を吸った。首筋に舌を這わせ、乳首を舐めた。

しかし、下半身は何の反応も示さなかった。指がケロイドに触れる度に、私の身体は緊張に強張った。焦れば焦るほど、私は追い込まれていった。

私は雅子の左側に横たわり、事故前の雅子の身体を思い起こしながら、きれいなままの左の乳房を愛撫し、左の太股を撫で、左頰にキスした。そして、ようやく可能な状態になると、顔を右側に背けながら足の間に割って入った。

私の身体の下で、雅子は嗚咽《おえつ》を漏らした。

その週末、松ヶ崎の実家に行くと、雅子は、二階の自分の部屋に私を呼んだ。

「しばらく会わないでいよう」

窓の外に目を向けながら雅子は言った。

「どうして……」

私は言いかけたが、そこで言葉を止めた。理由はわかっていた。

私は今の雅子を受け入れることができないでいる。そのことに雅子は気づいているのだ。

私の部屋でのセックスのあと雅子は無理に笑顔を作り、久し振りに堪能した、と言って帰って行った。痛々しい姿だった。私は雅子を傷つけてしまったことを悔い、自分を責めた。こんなことになるのなら、雅子が服を脱ぎ始めた時点で止めるべきだったのだ。

しかし、もう遅い。

「少し時間をおいて、その間に二人のことを考えてみようよ」

私を振り返ると、雅子は言った。

「少しって、どのくらいだ」

「来年の四月五日まで。私が事故に遭って一周年の日」

「四月五日……」

あと半年近くある。

「来年の春からは大学にも復学するつもりやし、リセットするにはちょうどいい頃やと思う。そのときまでに、このまま付き合いを続けるかどうか決めようよ」

「何言ってるんだ。俺は別れるつもりなんかないよ」

「それならそれでいいの」

雅子は薄く笑った。

「けど、私は変わっちゃったから……。今の私を正春クンに背負わせるのは気の毒やと思う。正春クンが私から離れていったとしても恨んだりしないから」

「何言ってんだよ」

「私も考えてみるから。このまま、あなたといっしょにいるのがいいのかどうか」

私は唇を噛んだ。

雅子は、事故後の自分を受け入れることができないような情けない男とでは、結婚しても幸せにはなれないと思い始めているのか。しかし、雅子がそう思ったとしても無理はない。全ては私の責任だ。

「四月五日に、私はこの家で待ってる。私と別れるって決めたら、ここには来ないでいいから。今の私でも愛せるって思えるんなら、ここに来て」

約束して——。強い口調で雅子は言った。

今のままずるずると付き合いを続けるより、雅子が言うようにしばらく離れてお互いのことをゆっくり考え直してみるほうがいいのかもしれない。このままでは、私は間違いなくまた雅子を傷つけてしまう。

「雅子がそうしたいんなら、俺はお前の言う通りにする」

私は答えた。

「俺も、今はまだ何だか混乱してて……。お前が事故に遭う前のことばかり思い出して、つらくて……、情けないけど、今のお前と向き合う勇気もないんだ。でも……」

私は雅子を真っ直ぐに見据えた。

「気持ちの整理をつけて、四月五日には必ずここに来るから。待っててくれ」

「うん」

口許に微かに笑みを浮かべると、雅子はうなずいた。

5

北大路通の手前でタクシーを降りた。雅子の実家まではまだだいぶ距離があったが、しばらく歩きたかった。

辺りは二十年前とはずいぶん様変わりしていた。高野川沿いには大きなショッピングセンターが聳《そび》え、川に架かる橋は拡張され、真新しいマンションも建っていた。

川端通から北大路通に折れて、広くなった橋を西側に渡り、高野川の土手を下り、川に沿って作られた歩道を北に歩く。

川沿いに植えられた桜並木が美しい。桜の向こう側には比叡山がその雄々《おお》しい姿を見せている。この道は雅子といっしょによく散歩した。

しばらく歩き、土手を上がると、松ヶ崎浄水場前から西に延びる疏水の道に出る。この疏水は琵琶湖から繋がる分流で、その周辺には大きな屋敷が軒を並べている。ここはいわゆる高級住宅街なのだ。疏水沿いに続く道はまた、地元の人が「京都一」と誇る桜の名所でもある。疏水の両側には見事な桜並木が続いている。

素晴らしい桜のプロムナードを、私は雅子の家に向かった。

二十年前の四月五日も、桜は満開だった。

舞い落ちる薄桃色の花びらの下を、私は歩いていた。

＊

結論を出せずにいた。

事故に遭うまでの思い出を捨てて今の雅子を受け入れることができるのか。障害を負った雅子と一生いっしょに生きていく覚悟が自分にあるのか。

最後に雅子と話してからの半年間、私は悩み、苦しんだ。

今私と別れるのが雅子にとってどれほどひどいことか、痛いほどわかっていた。本当は私が支えになってあげなければならないはずなのだ。それなのに、その自信がなかった。心も身体も深く傷ついている雅子を背負うには、私はあまりにもひ弱だった。

私は自分の弱さを自覚していた。強くなりたいと思った。でも、自信がなかった。私は、ケロイドから目を逸らし、きれいな頃の身体を思い浮かべながらでなければ雅子を抱けなかった、つまらない男なのだ。そんな男に何ができるというのか。

——雅子には別の誰かが必要なのではないか。

私はこの半年でそう考えるようになっていた。

それでも、足は雅子の家に向いた。雅子を捨てることなど許されるべきではない、というひとりよがりの道徳観のようなものが私を動かしていた。

家に着いた。門の前に立ち、二階の窓を見上げる。そこが雅子の部屋だった。カーテンが引かれた窓の向こうに雅子がいるはずだ。

私は門に付いているインターホンに手を伸ばした。

このままチャイムを鳴らしたら、その時点で人生が決まってしまうかもしれない——。

そう思うと、どうしようもなく腕が震えた。

そのときだった。

突然、ケロイドに覆われた雅子の裸が脳裏を過った。指先で触れたときの感触が甦る。

私は空唾《からつば》を呑み込んだ。

伸ばした指が宙で止まる。そのまま一センチも動かせなくなった。

——だめだ。

私は腕を下ろした。

――私には荷が重過ぎる。私では雅子を幸せにできない。

二階の窓に視線を向けたまま後ずさりした。

――ごめん。

窓の向こうにいるはずの雅子に、心の中であやまった。

踵《きびす》を返すと、私は元来た道を走り出した。

舞い落ちる桜吹雪を掻き分けるようにして、私は走った。

6

雅子の家は二十年前と何も変わっていないように見えた。表札も昔のままだ。雅子たち一家はまだここに住んでいる。

門の前に立つと、私は二階の窓を見上げた。あの日と同じようにカーテンが引かれている。一瞬タイムスリップしたかのような感覚に囚われた。

鼓動が速まり、指先までちりちりと痺《しび》れるような緊張感が全身を襲う。どうすべきかほんの少しだけ迷った。しかし、よく考える間もなく、腕は自然にインターホンに伸びていた。

震える指でボタンを押すと、家の中でチャイムが鳴る音が微かに聞こえた。ほどなく女性の声が、はい、と応える。

——雅子だ。

すぐにわかった。

雅子はここに住んでいる。まだ独身で、両親といっしょに暮らしているということか。

私はうろたえ始めた。雅子と今日会う可能性などほとんど考えていなかったのだ。

「あの……」

そこまで声に出し、言葉に詰まった。何と続ければいいのかわからない。頭の中では、雅子と両親の姿がぐるぐると渦を巻いている。

〈どちらさまですか〉

怪訝《けげん》な声で雅子が問いかける。一度深呼吸すると、私は名を名乗った。インターホンを通して息を呑む気配が伝わった。

〈ちょっと待って〉

勢いよく受話器が置かれる音が響いたかと思うと、すぐに玄関のドアが開いた。

雅子だった。

私たちは、門扉を挟んでわずか三メートルの距離で向かい合った。

私は息を止め、瞬きすらも忘れてかつての恋人を見つめた。

雅子はコットンパンツとTシャツを身に着け、薄い色のサングラスをかけていた。でも、帽子は被っていなかった。植毛のような処置を施したのか、毛根が元の状態に回復したのか、軽くウエーブがかかったショートカットの髪はたっぷりとしていて、地肌が透けて見えるようなことはない。唇の横から頰にかけてあった引きつれもなくなっている。

私たちはしばらくの間黙って見つめ合った。再会の喜びがじわじわと胸に広がっていく。

「久し振り」

ようやく私から声をかけた。

それでも雅子は、まだ声を出せないようだった。あまりの驚きに身体が硬直しているように見える。

「元気だった？」

言いながら私は笑顔を向けた。それはぎこちない笑みだったが、気持ちは伝わったのだろう、つられるようにして雅子も頰を弛《ゆる》めた。

笑顔は昔と同じだった。身体つきはいくらかぽっちゃりしたが、雰囲気は昔とほとんど変わっていない。

初めて雅子の母親を見たときのことを思い出した。母親は女子学生のようで、雅子とはまるで姉妹のように見えた。今の雅子はあのときの母親と同じぐらいの年齢だが、やはり学生のように若々しい。

「ほんまに久し振りやね」

初めて雅子が口を開いた。

自らを落ち着かせようというのか、肩で大きく息をつくと、ほんのわずかに右足を引きずりながら私に近づいた。そして、首ほどの高さがある門扉を引き開けてくれた。

「どうしたの、突然」

ちらと小首を傾げながら訊く。

「うん。ちょっと」

私は言葉を濁した。

「とにかく入って」

私を門扉の内側に招じ入れると、雅子は先に立ってポーチを玄関ドアに向かった。後ろに続きながら、私の姿はどう映っているのだろうかと心配になった。

体型は昔とほとんど変わっていないし、いくらか白髪は出てきているものの髪の毛も充分ある。だが、顔つきはどうだろう。二十年前も面白みのない顔をしていたと思うが、異国の地で離婚や解雇といった苦労を重ねて、ますますくたびれたつまらない顔になってしまっているのではないだろうか。

かつての恋人の貧相な姿を見て雅子はがっかりしているのではないかと考え、何をばかばかしい、雅子はとっくに私のことなど見限っていたはずだ、とすぐに思い直した。私は心の中で苦笑した。

玄関をくぐり、右手のリビングダイニングに入る。

私はダイニングテーブルについた。何度も食事をごちそうになった木製の丸テーブル。初めて来たときは、真夏だったにもかかわらず鶏鍋だった。

私と別れてから雅子がどういう人生を送ったのか、すぐにでも知りたかった。しかし、どう切り出したらいいのかわからない。

雅子は、コーヒーを淹《い》れるから、とキッチンに向かった。

「御両親は？」

その背中に声をかけた。やはりいきなり雅子本人のことは訊きづらかった。

「母は出かけてる」

やかんに水を入れ、ガスレンジに置くと、雅子は私を振り返った。

「父は二年前に死んだの」

さらりとした口調で言う。

「そうなのか」

ステテコ姿で庭いじりしていた教授の姿が目に浮かんだ。

「心筋梗塞やった。ちょうど私が離婚して出戻った頃でね。おかげで死に目には会えたけど……」

——雅子が離婚。

私はテーブルに目を落とした。雅子には幸せな人生を歩んでほしいと思っていたが、どうやらそううまくはいかなかったようだ。ただ、離婚したとはいえ、一時期だけでも雅子の支えになってくれた男がいたことを知って、私は自分がどこかでホッと安堵するのを感じた。

私も離婚経験者だと告げると、雅子は、ご同類かあ、と言って声を上げて笑った。そして、自分からこの二十年間のことを話し始めた。

京都を出て東京のデザイン専門学校に入り直したこと。その後プロのデザイナーになって同業者の男性と結婚したこと。二年前までは東京で暮らしていたこと。そして、今は関西で発行されている雑誌を中心にフリーの立場で仕事を続けていること。それだけを、コーヒーを淹れながら手短に説明した。

二つのカップを手にテーブルに戻ると、私のことを訊いた。この二十年間スウェーデンで日本語教師をしているという私の話を、雅子は複雑な表情で聞いていた。

話が終わると、それにしても、と雅子は感慨深げに言った。

「変わらないわねえ。やさしさが滲み出てる、そのとぼけた顔」

「よせよ」

私は顔をしかめたが、ほんの少し胸が熱くなった。二十年前と変わらないと言ってくれたことが面映《おもは》ゆかった。

「俺は歳をとったよ。そっちこそ全然変わらないじゃないか」

嬉しさが表に出ないようにしてぶっきらぼうに言う。

「全然変わらない？」

いたずらっぽく雅子が問い返す。

「うん」

「嘘よ。よく見てよ。顔のケロイドはほとんどなくなったし、髪の毛だってちゃんと生えてるし……」

雅子はサングラスを外した。

「目の大きさだって左右ほとんど変わらなくなったのよ。医療技術は格段に進歩してるのよ」

私は雅子から目を逸らした。

「すまなかった」

自然に謝罪の言葉が口をついて出た。

「あのとき、俺は君を傷つけた。本当にひどいことをしたと思う」

「やめてよ。そういうつもりで言ったんやないよ」

雅子が肩をすくめる。

「私、歳はとったけど、元の顔に戻ったでしょう？　その顔をこうやってあなたに見てもらえて嬉しいのよ。最後に会ったときはひどい顔してたし」

何と言っていいのかわからず、私はただ雅子を見つめた。

母の手紙のことを訊くべきかどうか私は迷い始めていた。いまさらそんなことを話しても意味がないように思えた。

そんな私の迷いに気づいたのか、

「それで？」

と、雅子が身を乗り出した。

「今日はなんで突然ここに来たの。何か理由があるんでしょう？」

雅子の真剣な顔を見て、やはり黙っているわけにはいかない、と思い直した。

コーヒーをひとくち飲んでから、一週間前に母が死んだことと、その臨終のとき聞いた内容を告げた。

「手紙か……」

遠くを見るような目つきになると、雅子はため息を漏らした。

「母に手紙の話を聞いてから君のことがやたらに気になり出して……。それで、居ても立ってもいられなくなって京都に来ちまったんだ。まさかこうやって本当に会えるとは思わなかったんだけど」

「そうなんや」

「母が出した手紙って、どんな内容だったの？」

雅子はうつむき、ほんの少しの間押し黙った。

「まだ私が入院しているとき……」

顔を上げ、私の目を覗《のぞ》き込むようにして言う。

「退院する直前やったと思うけど、あなたのお母さんがお見舞いに来てくださったの。そのこと、あなた知ってる？」

——母が雅子の見舞いに来た？

「いや」

私は首を振った。初耳だった。

雅子が被害に遭った交通事故は全国ニュースで報道されたため、すぐに母の知るところとなった。事故直後から母は、何度も雅子の容態をたずねる電話をかけてきた。そういえばそのとき、入院している病院の名前を言った覚えがある。

半身に火傷を負ったことを含め、具体的な雅子の怪我の具合について私ははっきりしたことを母に伝えなかった。そのことを母は不審に思ったのかもしれない。それで自分の目で雅子の容態を確かめにやって来た。母のやりそうなことだ。

「お母さんは、自分がここに来たことはあなたには内緒にしておいてほしいって私に頼んだ。あなたに怒られるからって。お母さんは私を見てショックを受けたようやった。まさかあんなひどいことになってるとは思ってもみなかったんやろうと思う。お母さんから手紙が来たのは、退院して何ヶ月か経ったあとでね、あなたと別れてほしい、って書いてあった」

私は目を閉じ、唇を噛んだ。母に対する怒りがふつふつと胸に湧いた。

「息子は強情な人間だから、あなたに障害が残ったとしても自分から別れようとはしないだろう。むしろ逆に、意地になってあなたと結婚しようとするかもしれない。けど、障害を抱えた女性の面倒を見ながら一生過ごすのはかわいそう過ぎる。どうか若くて世間知らずの息子を縛らないでほしい。あなたのほうから別れると言ってほしい。手紙はそんな内容やった」

雅子は薄く笑った。

「手紙を読んで、私は悩んだ。確かにお母さんの言う通りかもしれない。私なんかといっしょになるのはあなたにとって負担にしかならないのかもしれないって思った。それで、どうしたらいいのかわからなくなって、私はあなたの部屋に行った」

私は愕然《がくぜん》として目を見開いた。

あの夜雅子が突然私を訪ねて来たのは、母の手紙のせいだったのか。雅子は自分の全てを見せて、私がそれを受け入れられるかどうか試した。

——それなのに、私は……。

「あの夜から、私はあなたの負担になってるんや、って本気で思い始めた。けど、やっぱりあなたと別れたくはなかった。どうしたらいいのかわからなくなって、それで、しばらく離れて考える時間を持ったほうがいいって考えたの。それがあなたにとってもいいことなんやて思った。もし四月五日にあなたが来てくれたら、新しい気持ちでやり直せるんやないかって、私は希望を持ってた」

「雅子。俺は……」

あの日のことを話さなければならないと思った。四月五日に私が何をしたのか。

しかし、雅子が私を止めた。

「ちょっと待って」

真っ直ぐに私を見つめながら、強い口調で言う。

「まず、私の言うことを聞いてくれる？」

その勢いに呑まれるようにして私はうなずいた。

「これから私が話すことを、途中で口を挟まずに最後まで聞いてほしいの。いい？」

わかった、と私は答えた。

雅子は自分のコーヒーカップを両手で包み、そこに視線を落とした。

「私は、二十年前の四月五日にあなたがこの家に来たのかどうか知らないの。そのとき私はここにいなかったから。今でも私は知りたくない。だから、あの日にあなたがここに来たのかどうかは、あなただけの胸にしまっておいてほしいの」

雅子は視線を上げて私を見た。

「約束してくれる？」

何故胸にしまっておかなければいけないのか理由はわからなかったが、私は黙ってうなずいた。

雅子は微笑み、またカップに視線を落とすと、淡々とした口調で続けた。

「あの前の年の冬、東京の私立大学から学部長として迎えたいって誘いが父にきてね。いい話やったから、父と母は二人で東京に引っ越すことになった。私は春から大学に復学する予定やったから、一人で京都に残るつもりやったの。それであなたを待つつもりやった。けどね、四月五日が近づくにつれてどんどん怖くなっていったのよ。あなたが来てくれないんやないかって」

そこで雅子は、コーヒーに口をつけた。ゆっくりとカップを置き、またそこに視線を向ける。

「あなたが来てくれなくても仕方がないって、覚悟は決めていたはずやったのに、いざそのことを考えると、怖くて怖くてたまらなくなったの。あんな理不尽な事故に遭ったせいであなたを失うなんて、とても耐えられなかった。それで私は、四月四日に家を出て両親のいる東京に行った」

何故だかわかる――？　と雅子は私に訊いた。

私は首を振った。わからなかった。何故雅子は約束の前日に家を出たのか。

「四月五日、その日私にとって一番いいシナリオは、あなたがこの家に来てくれることやった。逆に最悪のシナリオは、あなたが来てくれないことやった。私は一日中二階の部屋の窓辺に座って、あなたが来るのを待ち続ける。けど、いつまで経ってもあなたは来ない。そのときのことを想像すると気が変になりそうやった。そこまで私は追いつめられていたの。だから、私は三つ目のシナリオを選んだ」

――三つ目のシナリオ？

「あなたがここに来てくれたと信じて、それを支えにして生きるというシナリオ。私はそれを選んだのよ」

あっ――、と私は喉の奥で小さな声を上げた。

「付け加えるとね。たとえあなたが来てくれたとしても、事故の前と同じ関係に戻れるかどうかわからないっていう不安もあったし、私はあなたの負担になるだけなのかもしれないって引け目みたいなものもあった。だったら、私がすべきなのは、あなたが来てくれたって信じながら自分から身を引くことやないかって、そう思ったのよ」

そこで雅子は小さく息をついた。

「私は大学への復学を取り止めて、東京で両親といっしょに住むことにした。きっと四月五日にあなたは私のところに来てくれたはずや、って自分に言い聞かせて、自分で自分を励ましながら、私は東京での生活を始めたの」

カップから目を上げ、私を見る。

「もし今あなたが、二十年前のあの日ここに来た、って言ったら、私は家を出てしまったことをすごく後悔すると思う。逆にもし、来なかった、って聞いたら、とっても落ち込むと思う。あなたが来てくれたって信じ続けることが私の生きるエネルギー源になってくれてたんやもの。だから、私は知りたくない。あの日ここに来たかどうかは、一生あなたの胸の中だけにしまっておいて」

雅子は私を見て笑った。爽やかな笑顔だった。

「わかった」

私は深くうなずいてみせた。

「あの日のことは絶対に話さない。約束するよ」

私たちは顔を見合わせ、秘密の約束を交わした子ども同士のようにいたずらっぽく笑った。

7

コーヒーを飲み終えると、少し散歩しよう、という雅子の誘いに乗って腰を上げた。

家を出て、桜疎水の道に出る。私たちはゆっくりと歩き始めた。

強風に煽《あお》られ、桜の花びらが雪のように舞い落ちる。

二十年前と同じだ、と私は思った。

あの日も風に吹かれて桜が舞っていた。

その中を私は走っていた。

＊

身体にまとわりつく桜の花びらを掻き分けるようにして私は走った。

松ヶ崎浄水場の前を走り抜け、高野川の土手を下り、川沿いを南に向かう。前から来た老夫婦が、血相を変えて走って来る私の姿を何事かと見る。その横を擦り抜け、土手を駆け上がって北大路通に出る。橋を渡り、川端通を南に向かって歩く。

雅子の家から遠ざかるにつれ、胸の中に生まれた空洞が大きくなっていくのを感じていた。インターホンのボタンを押さずに踵を返したその瞬間に生まれた針ほどの大きさの穴が、今では拳が通り抜けられるほどに広がっているように思えた。

何故こんなに苦しいんだろう、と私は思った。

二度と雅子と会えないかもしれない——。そう考えることが何故自分をこんなに苦しめるのだろう。

私は桜の木に手をつき、崩れ落ちるようにしてその場にうずくまった。

それは雅子を愛しているからだ、と改めて気づいた。

私は雅子を愛している。

——事故に遭うまでの思い出を捨てて今の雅子を受け入れることができるのか。

——障害を負った雅子と一生いっしょに生きていく覚悟が自分にあるのか。

——心も身体も深く傷ついている雅子を背負うには、私はあまりにも弱過ぎるのではないか。

——雅子に相応《ふさわ》しい男は他にいるのではないか。

この半年間、悩み、苦しみながら考え続けたことが、ひどくちっぽけなことに思えた。

私は弱い人間で、雅子を傷つけてばかりいる。おそらくこれからも何度も傷つけ、その度に自己嫌悪に陥るだろう。雅子の身体のケロイドに慣れ、障害を自然に受け入れることができるようになるまでにもまだまだ時間がかかるかもしれない。しかし、それがなんだというのだ。

――雅子と離れたくない。

「俺は雅子を愛している」

口に出してつぶやいた。もう迷いはなかった。

私は立ち上がった。

元来た道を走った。事故の前とあとの雅子の顔を交互に思い浮かべた。どちらも愛しかった。

汗だくになりながら再び家の前にたどり着き、今度は躊躇《ちゅうちょ》なくインターホンのボタンを押した。

しかし、何度押しても応答はない。

私は二階の窓を見上げた。その向こうに雅子がいるはずだった。

鍵の掛けられた門扉を乗り越え、ポーチを走って玄関ドアに取りつき、拳で叩きながら大声で呼びかけた。

誰も応えない。

雅子は家にいなかった。彼女は、私を待ってなどいなかったのだ。

8

あのとき――、と私は思い返した。

何が起こったのか最初はわからなかった。私は、雅子は自分を待っていてくれるものと信じて疑っていなかったのだ。でも、それは思い上がりだったのだと考えるしかなくなった。雅子は私を待ってはいなかった。

そのあとすぐ、雅子の父が東京の大学に移り、雅子も両親のいる東京に引っ越したと知った。

雅子は私を見捨てた、雅子はもう私を愛してなどいない、そうとしか思えなかった。

何ヶ月か抜け殻のような日々を過ごしたあと、私は大学院をやめ、新しい場所で人生をやり直すためにスウェーデンへと渡った。

あれからもう二十年が経つのだ。

「スウェーデンか、いいな」

右側を歩く雅子がつぶやいた。

「北欧のデザインって好きなのよね。一度行ってみたい」

「じゃあ、おいでよ」

私の言葉に、雅子がサングラスの奥の目を見開く。

「俺のところに泊めてやるよ。何日居てくれても構わない。そのかわり、掃除ぐらいはしてもらうけどな」

雅子は大げさに肩をすくめた。

「私、掃除嫌いなのよね。離婚されたのもそのせいやし」

「じゃあ、買い物と料理だな。掃除と洗濯は俺がやるよ」

「OK。交渉成立」

雅子は右手を差し出した。その手を握る。

温かな手だった。握手した右手を離すと、私は改めて雅子の左手に腕を伸ばした。雅子は拒まなかった。私たちは手を繋いだまま歩いた。

「ねえ、正春クン」

上目遣いに雅子が私を見る。

「なんだ」

「二十年前、あなた、ここに来たの？」

「秘密」

私はそっぽを向いた。

「合格！」

雅子がおちゃらけた声を上げる。

私たちは微笑みを交わした。

そして、桜が舞う疏水の道を歩き続けた。

おみくじ占いにご用心

プロローグ

『十二月十日。本日の第一位「牡羊座」。今日のあなたは強運に恵まれています。予期せぬ出会いが、輝かしい未来へ向かうきっかけになってくれるかも。ラッキーカラーはブラック』

横道信吾《よこみちしんご》は、小さな段ボール箱を手に、その家の前に立った。

京都市の北東部に位置する、紅葉で有名な曼殊院《まんしゅいん》にほど近い住宅地。路地のような細い道の両側に、古い家屋が立ち並んでいる。

すでに日は暮れ、辺りは薄闇に包まれていた。幹線道路から離れた住宅街はひっそりと静まり返り、人影もない。

信吾は、門扉横の壁に付けられた郵便受けに目を向けた。受け口の下のパネルには、「石川《いしかわ》」という苗字だけでなく、住所も印字されている。住所まできちんと書いてあるのは、最近では珍しい。念のため、箱の上に貼った送付状に書かれている番地と照らし合わせてみる。間違いない。

　インターホンのボタンを押す。しばらく待ったが、反応はない。

　もう一度押す。家の中でチャイムの音が鳴っているのは聞こえる。しかし、やはり反応はない。

　門扉から玄関までは五メートルほど離れているが、その間には人の背丈ほどもある雑多な植物が生えていて一階部分を隠しており、中の様子をうかがうことはできない。ただ、右側の部屋から明かりが漏れているのはわかる。誰かいるのに、無視されているということだ。

　高齢者のひとり暮らしでは、こういうことが多いようだ。誰かが突然訪ねて来ても無視するよう、家族やヘルパーから言い聞かされているらしい。特に日が沈んでからは、インターホンにさえ出ないよう指示されている場合がある。

　もう一度だけチャイムを鳴らして反応がないことを確かめると、信吾は門の前を離れた。辺りをブラブラして五分ほど時間を潰してから引き返し、今度は隣の家に向かう。

　こちらは、門扉のすぐ前が玄関ドアだ。インターホンはドアの横に付いている。

　胸の下あたりまでしかない門扉を押し開け、古びた木製ドアの前に立つ。インターホンのボタンを押すと、ほどなくぶっきらぼうな口調で〈はい？〉と男の声が応えた。

「すいません、宅配便の配達員なんですけど」

返事はなく、かわりに受話器を置く、ガチャ、という音が響いた。家の中でドタドタと大きな足音が聞こえたかと思うと、勢いよくドアが開く。

「夜分恐れ入ります」

現われた中年の男に向かって、信吾はぺこりと頭を下げた。

「あの、これ……、実は、お隣の住所宛てのお荷物なんですけど」

「隣？」

男が眉をひそめる。

「はい。お隣、明かりは点《つ》いてるんですけど、何回インターホンのボタンを押しても、誰も出て来てくださらないんです。ただ……、住所は合ってるはずなんですけど、受取人の名前が違っていまして……」

信吾は、段ボール箱を男に向かって差し出した。男の視線が送付状に向く。

「書かれてるのは確かにお隣の住所なんですけど、名前が違ってまして……。お隣、石川さんですよね？」

送付状の受取人の名前は「田口光代《たぐちみつよ》」になっている。

「そうや、隣は石川さんや」

「おうちの方が出て来てくださらないので、送付状に書いてある受取人さまの番号に電話してみたんですが、全然繋がらなくて……。仕方ないんで、今度はご依頼主さまに確認の電話をしてみたところ、お届け先の住所も、受取人の名前も、それで間違いないはずやということで……」

もちろん電話など一度もかけていない。石川家の電話番号はわからないし、宅配便の依頼人などどこにもいない。送付状そのものが偽物なのだ。この家に来る前に五分間時間を潰したのは、隣家のチャイムの音が聞こえていた場合を考えてのことだった。あまり早く訪ね過ぎたら、電話をかけたというのが嘘だとバレてしまう恐れがある。

「へんやな」

男は首を傾げた。

「俺は十年以上前からここに住んでるけど、田口さんなんて人はこの辺りにはおらん。隣は、もう長いこと石川のおばあちゃんのひとり暮らしや」

「そうですか。お隣は長いことおばあちゃんのひとり暮らしですか」

信吾は小さくため息をついてみせた。

「おいくつぐらいの方なんですか？」

「八十半ばぐらいちゃうかな」

「ご家族は、お近くには住んでおられないんでしょうか。もしお近くにおられるようなら、田口光代という人物に心当たりがないか、ご家族に確認をとらせていただくこともできるかと思うんですけど」

「ひとり息子は、確か東京におるんやなかったかな。それ以上のことは知らんわ。付き合いはないからな」

「そうですか。ご家族は東京に……」

それは弱ったな、というように顔をしかめると、信吾は、お忙しいところすみませんでした、と言いながら男に頭を下げた。

必要な情報さえ得ることができれば、長居は無用だ。目深《まぶか》に被ったキャップとフレームの太い黒縁眼鏡で人相はわかりにくくしているとはいえ、長く見られたら顔を覚えられてしまう恐れもある。

信吾は踵《きびす》を返した。その場から足早に遠ざかる。

石川家の前を通り過ぎ、しばらく進んで三叉路《さんさろ》を左に折れる。道のすぐ先にバイクが停めてある。

ハンドルにひっかけていたデイパックからジャンパーを取り出して身に着け、かわりに宅配便会社のマークが付いたキャップと段ボール箱を中に入れる。

デイパックを背負い、ヘルメットを被ってバイクにまたがろうとしたとき、背後で足音が響いた。

振り返った信吾は、近づいてくる人物の姿を見て、驚きに目を見開いた。

1

『十二月十一日。本日の第一位「牡牛座」。何もかもあなたの思い通りになる日です。後輩への厳しい指導が、あなたをさらなる成功へと導いてくれるかも。ラッキーカラーはグリーン』

路肩に停めた車の運転席で、スマホの画面に現われた星占いを見ながら、上宮《うえみや》は満足げに微笑んだ。

占いを信じているというわけではないが、完全に否定する気もない。そのように占うからには、何がしかの理由があるはずだからだ。少なくとも、迷ったとき決断する材料のひとつにはなる。

スマホをスーツのポケットにしまい、前方に目を向ける。しばらくすると、学習塾や眼科医院などが入った雑居ビルのエントランスから、若草色のジャンパーを身に着けた中年女性が姿を現わした。

――いきなり今日のラッキーカラーのご登場や。

これは幸先がいい、と思った。

女性は、雑居ビルの三階にオフィスを構える「京楽《きょうらく》介護センター」のヘルパーだ。右手に分厚いファイルを持ち、肩には大きなショルダーバッグを下げている。

その姿を目で追った。ビルの角を左に曲がるのを待って、ゆっくり車を発進させる。尾行を始めてちょうど一週間。どこに向かうかはわかっているので、視界からいなくなっても焦る必要はない。

ヘルパーのあとについて角を曲がったところで、上宮は車を停めた。すぐ先に駐車場がある。

ほどなく、『安心笑顔の訪問介護　京楽介護センター』と車体に書かれた軽自動車が、駐車場から出てきた。上宮は再びアクセルを踏んだ。ヘルパーのおばさんごときに尾行に気づかれることなどまずあり得ないが、念のため車間距離を充分にとりながらあとを追う。

一乗寺の街中から東大路通を真っ直ぐ北に上がり、北山通に入ると、車は左折して西に向かった。高野川を渡り、五山の送り火のひとつである「法」の文字が斜面に浮かぶ山の前を過ぎ、さらに西へ。やがて、上賀茂《かみがも》神社の南側に広がる住宅地に入る。

この辺りは、築四、五十年以上は経っていそうな古い家が多い。軽自動車は、その中でも特に築年数が経っていそうな、古民家のような造りの家の敷地に入って行った。

道路脇に車を停めると、上宮は外に出た。家の前まで行って表札を確かめ、すぐに運転席に戻る。

今来た道を引き返し、住宅地の手前にあるコンビニの駐車場に車を停めると、グローブボックスから地図を取り出した。それを広げて、ヘルパーが訪問した家に赤ペンで印を入れ、曜日と時間を書き込む。

ヘルパーは、少なくとも三十分は出てこない。上宮は車を降り、コンビニに入った。缶コーヒーを買い、表に出ているベンチに腰を下ろす。

スーツのポケットからスマホを取り出すと、暇潰しに地元新聞のウェブサイトを開いた。

『右京区の雑居ビルでボヤ騒ぎ』

『京都府警生活安全課の警部補と巡査部長が、違法風俗店から接待受け懲戒免職』

『浮気に腹を立てた妻が包丁で刺し、夫が全治二週間の怪我』

『高校生が大麻所持で逮捕』

『「常世《とこよの》教《きょう》」詐欺、首謀者の女を逮捕』

過去に二度犯罪を成功させたときには、いずれもここに記事が出た。わずか数行のべタ記事だったが、上宮はいい気分だった。誰も傷つけることなく、その場では気づかれることもなく、大金をかっさらっていく。自分が怪盗ルパンにでもなったような気がした。

自分の犯罪が新たに報道される日のことを考えながらコーヒーを呷《あお》ると、上宮は、時間を潰すために、いくつかの事件についてネットで検索を始めた。

どの事件についても、詳しい情報が画面に現われた。悪徳警官も、夫を刺した妻も、麻薬好きの高校生も、宗教詐欺の女も、顔写真や自宅の住所までアップされ、さらに、どこまでが本当かわからないような個人情報が書き連ねられている。

やっているほうは面白半分だろうが、やられるほうはたまったものではない。これは、ネット上のリンチのようなものだ。やっかいなことに、このリンチには、正体を知られることなく、誰もが気軽に参加できる。上宮が裏稼業の世界に入った二十年近く前には考えられなかったことだ。

うんざりしながらスマホをポケットにしまい、缶コーヒーを飲み干すと、上宮はベンチから立ち上がった。

再び車に乗り込み、さっきの家の近くまで戻る。

タバコをふかしながら待っていると、ほどなく軽自動車が家の敷地から出てきた。

次にヘルパーが向かったのは、北山通沿いに建つマンションだった。マンションの駐車場に入る軽自動車を横目に、道路を直進する。防犯カメラが設置してある場所に用はない。

さっきとは別のコンビニまで車を走らせ、今度は雑誌を立ち読みして時間を潰した。

トイレで用を足し、時間がくるとマンションの前に戻り、また軽自動車のあとをつける。

この日、ヘルパーが訪問したのは六ヶ所だった。そのうち、仕事になる可能性があるのは一軒だけ。この一週間では、調べてみる価値がありそうな家は、三軒か四軒というところか。そのうちのひとつでもモノにできれば上々だ。

軽自動車が元の駐車場に戻るのを見届けると、上宮は車のスピードを上げた。

2

伏見稲荷にほど近い、古い雑居ビルの二階。

薄暗い廊下を一番奥まで進むと、上宮は、錆びたスチール製のドアを引き開けた。中は十畳ほどのワンルームだ。

部屋の中央に置かれたソファでは、横道信吾がタバコ片手にふんぞり返っていたが、上宮の姿を見た途端、慌てふためきながら灰皿に押しつけた。

「お、お帰りなさい、兄貴！」

弾かれたように立ち上がり、上半身を九十度に折り曲げる。

「てめえ！」

その横っ面を、上宮は、右の平手で思い切り張り飛ばした。よろめいたところに、勢いをつけて蹴りを入れる。つま先がわき腹にめり込み、信吾はその場に膝をついた。腹を押さえながら苦しげに身体を丸める。息ができないのだろう、よだれを垂らしながら、喘《あえ》ぐように口をぱくぱくさせている。

「俺が一日中駆けずり回ってるときに、何様のつもりや！　このボケ！」

「す、すんません」

振り絞るようにして、ようやくそれだけ言った。土下座の格好になり、床に額をこすりつける。

「てめえ、やるべきことはちゃんとやってるんやろな」

「は、はい」

床を這い進むと、信吾は、ソファの前のガラステーブルの上からクリアホルダーを取り上げた。

「これです。免許証は出来上がってました。調査の結果もまとめてあります」

両膝をついたまま、捧げるようにして差し出す。

それを受け取ると、上宮は窓際のデスクまで進み、回転椅子に腰を下ろした。中から偽造した運転免許証を取り出す。一週間前に発注しておいたものだ。一度詐欺に使った免許証は二度と使えないから、新しいものを用意しておく必要がある。その道ではベテランの「偽造屋」の手になるもので、いつもながら完璧な出来だった。

偽造免許証をデスクに置くと、今度はクリアホルダーからA4のコピー用紙数枚を摘《つま》み出した。

上宮は、口頭ではなく、文書で報告を求めた。パソコンを使って報告書のひとつも書けないようなバカに仕事は任せられない。何時にどこに行き、どういう調査をしたのか、誰とどんな話をして、そのときの相手の反応はどうだったか——等々、上宮はいつでも詳細に書くことを要求した。

その点、信吾は及第点をつけることができる。今回の調査報告も、要求通りきちんと書かれていた。

「石川千鶴子《ちずこ》いう婆さんが、一番の狙い目いうことやな」

報告書にざっと目を通すと、上宮は、床に正座している信吾に向かって訊いた。

「はい」

上目遣いに見上げながら、首をすくめるようにして信吾がうなずく。

「昨日の夜、行ってきました。何度呼んでも出て来てもらえなかったんで、隣の家に行って確かめました」

防犯カメラがついていない一軒家で、年寄りのひとり暮らし——。それがターゲットの絶対条件だった。

いくつかの介護会社の中から適当にヘルパーを選んで上宮が尾行し、これと目をつけた家について宅配業者を装った信吾が調べる。それがいつものパターンだ。正しい住所と間違った受取人の名前を書いた送付状を見せ、記名された人物が同居していないかどうかを確かめるフリをして、家族構成を聞き出すのだ。ターゲットと決めた家の住人と直接話すことができれば、年齢やボケ具合など、重要な情報を直接手に入れることができるが、ひとり暮らしの高齢者は、簡単には玄関ドアを開けてくれないことも多い。その場合は、近所の家を訪ねて必要な情報を聞き出すことになっていた。

今回の報告書には、一週間前まで上宮が尾行していたヘルパーの訪問先について、わかったことが記されていた。それによると、石川千鶴子は八十代半ば。ひとり暮らしで、息子の家族は東京在住。ターゲットの条件としてはほとんど完璧だ。

千鶴子を担当しているヘルパーについての報告もある。

『清水良子《しみずよしこ》は、夫と娘の三人暮らし。住まいは岩倉の賃貸マンション。娘、麻衣《まい》は公立中学の二年生』

ヘルパーは、担当している年寄りに自分の家族について話していることが多い。こういう情報は役に立つ。

——後輩への厳しい指導が、あなたをさらなる成功へと導いてくれるかも。

今朝チェックした占いを思い出した。

「まあ、ええやろ」

口許に笑みを浮かべながら、報告書をデスクに置く。

「ありがとうございます！」

信吾は、再び額を床にこすりつけた。

本業の闇金の収入が頭打ちのために始めた副業だったが、思いのほか儲かった。ただし、調子に乗り過ぎると危険だ。今度成功したら、しばらくの間はおとなしくしていたほうがいいかもしれない。

スーツのポケットからタバコを取り出すと、信吾が慌てて駆け寄った。横に立ち、頭を下げたままライターの火を差し出す。

上宮は、デスクの上に両足を投げ出した。そして、ゆっくりタバコをくゆらせながら、石川千鶴子をだます段取りについて考え始めた。

3

三日後の昼前――。
曼殊院の駐車場に車を停めると、上宮は、玄関に続く緩い坂道を上った。紅葉の時季には観光客でごった返すが、すでにシーズンは終わり、今は人の姿はまばらだ。

拝観料を払い、建物の中に入る。ここは枯山水の庭が有名だが、そんなものに興味はない。土産物などを販売しているスペースの前を通り過ぎ、足早に渡り廊下を進むと、上宮は書院に入った。正面に、元三大師《がんざんだいし》の木像が安置されている。

元三大師は、比叡山中興の祖といわれる名僧だが、我が国におけるおみくじの元祖としても知られている。当然のことながら、大師の木像の前にはおみくじが置いてある。

仕事の前には、上宮は、必ず有名な神社でおみくじを引くことにしていた。今回の現場はこのすぐ近くにある。ならば、曼殊院に行かない手はない。過去二回は「大吉」で、いずれも大金を手にした。今回もいい気分で現場に向かいたかった。

百円払い、ずらりと並べられた紙片のうち一枚を引く。

おみくじを開いた上宮の顔が歪《ゆが》んだ。

「凶」とあった。

頭に血が上った。これまで何十回とおみくじを引いてきたが、「凶」など出た覚えはない。

『このみくじに会う人は――』

おみくじに書かれた文章に目を通した上宮は、思わず舌打ちした。苛々《いらいら》しながら折り畳み、ポケットに突っ込む。

その場を立ち去ろうとして、足を止めた。このままでは仕事がうまくいく気がしない。木像の前に引き返し、もう一枚百円玉を取り出して、改めて一枚引く。

今度は、上宮は胸をなでおろした。

『「大吉」このみくじに会う人は、心落ち着けて行なえば、どんな困難をも乗り越え、願いが叶う。心正しく、神仏に念ずれば、より大きな果実が得られる』

木像に向かって手を合わせ、仕事の成功を祈ると、上宮は踵を返した。玄関を出て左手に、おみくじを結ぶ木がある。たくさんの紙片がぶら下がっている枝に、「大吉」のおみくじを結び付ける。

――これでよし。

いったん車に戻って、黒いビジネスバッグとコンビニの袋を手にすると、上宮は石川千鶴子の家に向かった。

4

二階建ての家屋は、築五十年は経っていそうで、モルタルの外壁はところどころが剝がれ落ちていた。しかし、その洋館風の瀟洒《しょうしゃ》な造りは、遠くからでも人目を引く。当時としてはかなりしゃれた建物だっただろう。敷地も七、八十坪ぐらいはありそうだ。

かなり貯め込んでいるはずだ、と上宮は思った。

門の前に立ち、郵便受けの横に付いたインターホンのボタンに手を伸ばす。

そのとき、不意に違和感を覚えた。

何かが引っかかった。頭の中で、わずかに危険信号が点滅した。この前ここに来たのは十日前だったが、そのときにこんな感覚はなかった。

――なんや？

いったん手を引っ込め、辺りを見回す。人影はない。付近の様子に十日前と変わったところはない。

気のせいだろう、と思った。「凶」のおみくじを引いた後遺症かもしれない。

――このみくじに会う人は、心落ち着けて行なえば、どんな困難をも乗り越え、願いが叶う。

「大吉」に書かれていた文章を心の中で繰り返し、大きく一度深呼吸すると、上宮はボタンを押した。ピンポーン、と軽やかなチャイム音が家の中で鳴っているのが聞こえた。

そのまましばらく待つ。しかし、なんの反応もない。

これは予想していたことだった。尾行していたとき、担当ヘルパーの清水良子は、インターホンを押すことなく、勝手に門扉を開けて中に入って行った。その許可が千鶴子から出ているということだ。

上宮も同じようにした。胸ほどの高さの門扉を開けて敷地内に足を踏み入れる。門の内側にある庭には、雑多な種類の草花が生え放題で、まるでジャングルのような様相を呈していた。手で葉っぱを押しのけるようにして、石畳の上を五メートルほど先にある玄関に向かう。

「石川さん」

呼びかけながら、上宮はドアを叩いた。

返事はない。ノブに手をかけるが回らない。鍵がかかっている。これも予想していた。

玄関の右手に歩く。木製のサンデッキがあり、その奥にある大きなガラス戸を通してリビングが見えた。ソファの上に婆さんがちょこんと座り、テレビに目を向けている。

「石川さん！」

サンデッキの手前から大きな声で上宮が呼ぶと、千鶴子がこっちを振り返った。ぎょっとしたように目を見開く。

「スマイル介護ステーションから参りました。所長のサエキです！　ヘルパーの清水良子さんのことでうかがいました！」

清水良子、という名前を聞いて安心したのか、いくらか表情が和らいだ。肘掛けに手をついて身体を支えながら腰を上げ、よたよたとした足取りでガラス戸の前に歩み寄る。

ヤニの溜まった細い目で、千鶴子は、観察するように上宮を見つめた。ガラス戸はまだ開けようとしない。見知らぬ人は家に上がらせないよう、家族やヘルパーから厳しく言われているのだろう。

「良子さんは、今日は来てませんけど」

上宮に真っ直ぐ視線を向けたまま、千鶴子は言った。

「いえ、そうじゃないんですよ」

一週間以上尾行してスケジュールは把握しているから、今日、良子がここに来ないことは、もちろんわかっている。

「実は、清水さんの娘さんが事故に遭われまして」

「はい？」

千鶴子は、右耳をガラス戸にくっつけるようにした。補聴器が見える。大きな声で上宮は繰り返した。

「娘さんが？」

驚いた顔で千鶴子がこっちを見た。

「はい。麻衣さんです！　ご存じですか？」

「はいはい」

千鶴子は、二度小さくうなずいた。

「麻衣さんが、昨日の夜、交通事故に遭われて大怪我をしたんです。命に別状はないんですけど、入院したので、清水さん、しばらくこちらにはうかがえなくなってしまったんです。それで、その間代理のヘルパーさんをよこそうと思ってるんですけど、そのことでちょっとご相談したいと思いまして」

「はあ……」

良子が来られなくなったと聞いて、千鶴子はショックを受けたようだ。瞳が不安げに揺れている。

「あの、これ、最中です！　清水さんが石川さんに、って」

上宮は、コンビニの袋を胸の前に掲げた。

あとをつけたとき、良子は、この家に来る前にコンビニに寄った。駐車場に停めた車から店のウインドー越しにうかがっていると、レジの前に並んでいた最中を買うのが見えた。そして、それを手に、良子はこの家に入った。千鶴子の好物なのだろう。

案の定、千鶴子の頬が弛《ゆる》んだ。これで完全に、上宮がスマイル介護ステーションの人間だと信じたはずだ。

「お部屋に上がらせていただいてよろしいでしょうか」

すかさず上宮が声をかける。

「ああ……、どうぞ」

千鶴子は、ガラス戸の鍵に手をかけた。

――よし！

上宮は心の中で快哉《かいさい》を叫んだ。家に入り込んでしまえば、あとはなんとでもなる。

「失礼します」

靴を脱いでサンデッキに上がると、上宮はガラス戸を大きく引き開けた。

広々としたリビングはきれいに片づけられていた。昨日良子が掃除したのだろう。

お茶を淹《い》れる、という千鶴子を、上宮は笑顔で制した。

「そんなこと私がやりますから、座っててください」

千鶴子をソファに座らせ、隣にあるダイニングキッチンに入る。

こちらもきれいに掃除されていた。ただ、シンクには、今朝使ったらしい食器類がそのまま残されている。

やかんに水を入れて火にかけると、上宮は「お湯が沸くまでの間に食器を洗っておきます」とリビングに向かって言った。恐縮する千鶴子に、私も元はヘルパーですから、と笑顔で返す。

上着を脱いで椅子にかけ、シャツの袖をまくりながらダイニングキッチンを見回す。

壁際に段ボール箱が置かれていた。近づいて見ると、宅配便の送付状が貼ってある。

東京に住んでいるという息子から何か送ってきたらしい。ポケットからメモ帳を取り出すと、上宮は、「お届け先」に記されたこの家の電話番号を素早く書き取った。

茶筒と急須、それに湯呑茶碗はテーブルの上に出ていた。手早く洗い物を済ませると、お茶を淹れ、リビングに運んだ。

テーブルの上に湯呑茶碗を置きながら、上宮は、壁際のサイドボードに置かれた電話機に目を向けた。

背後の壁に大きな紙が貼りつけられ、そこには、東京に住んでいるという息子の家と携帯、かかりつけの医院や、スマイル介護ステーション、清水良子の携帯、宅配弁当屋など、十件ほどの電話番号が太字のマジックペンで書かれていた。

「これ、もしかして、清水さんが作ってくれたんですか?」

サイドボードに歩み寄りながら上宮が訊くと、

「そうです、そうです」

嬉しそうな顔で千鶴子はうなずいた。

「良子さん、大事な番号は、すぐに繋がるようにって、電話に直接登録してくれたんですけどね。念のためって言って、それも作ってくれたんですわ」

「そうですか」

良子は、よく気のつく、働き者のヘルパーらしい。

機能を確かめるフリをして電話機本体に触れると、上宮は、素早く裏側のモジュラージャックを引き抜き、サイドボードと壁の細い隙間にコードを落とした。これで電話は通じない。

「清水さん、いろいろとやってくれたんですねえ」

感心したような口調で言いながら引き返し、千鶴子の横に腰を下ろす。

「石川さん、新しいヘルパーさんは、どんな人がいいですか？」

上宮は、バッグからノートを取り出した。

「それは、やっぱり良子さんみたいな人がええねえ。あのひと、頭がよくてやさしくて、ほんま頼りになるんよ」

「なるほど」

笑顔でうなずくと、上宮は、ヘルパーはやはり男性より女性のほうがいいのか、若い人と年配の人ではどっちがいいか、訪問する時間帯やサービスは今のままでよいかなど、いくつか質問を続け、千鶴子から答えが返ってくる度に、それらしくノートにペンを走らせた。

「ああ、それから――」

ある程度話を聞いたところで、ノートから顔を上げる。

「最近この辺りって、空き巣が多いらしいんです。ここに来る途中の掲示板にも、警察からの注意書きが貼ってありました。知らないうちに、通帳や印鑑を盗《と》られていることが多いらしいんですけどね」

千鶴子の表情が翳《かげ》った。

「石川さん、通帳とか、印鑑とか、貴重品は大丈夫ですよね。最後に見たのはいつでしたか？」

「ええと……」

わずかに首を傾げる。

「先月、年金を引き出しに郵便局に行ったとき使って……、それからは……」

「見てないんですね？」

「はい」

「そうですか」

上宮は、ちょっとだけ考えるそぶりをした。

「あの……」

遠慮がちに口を開く。

「差し支えなければ、念のために、いっしょに確認させていただけませんか？　新しいヘルパーさんに来てもらう前に、貴重品があることをちゃんと確かめておきたいんですけど」

「ああ、そうですねえ」

千鶴子が素直にうなずく。

「いつも、貴重品はどこに？」

「通帳やら印鑑やらは、和室にあるんですけど。廊下の向かい側の」

「いっしょに来ていただけます？」

「はい」

ゆっくりと立ち上がり、リビングのドアに向かって歩き出す。その後ろに上宮が続く。

千鶴子がドアを開けた。廊下を隔てて向かい側に襖がある。

廊下に出ると、上宮は左右に目を向けた。左手は玄関で、ドアにきっちりチェーンロックがしてあるのが見える。右側の突き当たりとその手前に並んだドアは、浴室とトイレだろう。

狭い廊下を横切って襖を開け、八畳の和室に入る。窓際に介護用の大きなベッド。窓と反対側の壁には、高価そうな桐の箪笥と、千鶴子の夫の遺影が置かれた仏壇。床の間には水墨画の掛け軸。座卓には水差しとグラスが載っている。

千鶴子は箪笥に歩み寄り、一番上の引き出しを開けた。きれいに畳まれたセーターの下に手を差し込んで巾着袋を取り出し、その口を開いて背後に立つ上宮に見せる。中には、銀行とゆうちょ銀行の通帳、それに年金手帳が入っている。

「はい、確認できました」

上宮が笑顔でうなずく。

「印鑑は別のところですか？」

「はい」

巾着袋を元通りにしまうと、千鶴子はベッドに歩み寄った。その前で膝をつき、マットレスの下に手を突っ込む。出てきたのは、前のより小さな巾着袋だった。中には大小二つの印鑑ケースが入っている。ひとつは実印、もうひとつは認印だろう。

「はい。確認しました。これでＯＫです」

千鶴子も安心した様子だ。

「では、戻りましょうか」

今度は、上宮が先に和室を出た。リビングのドアを開けて千鶴子を待ち、再び並んでソファに腰を下ろす。

お茶を飲みながら千鶴子の健康状態についてたずね、その後、東京に住んでいる息子の家族や、生まれたばかりのひ孫の話に花を咲かせる。適当なところで会話を切り上げると、上宮は上着を身につけ、おいとまする前にトイレを使わせてほしい、と告げて廊下に出た。

襖をそっと開け、箪笥に近づく。巾着袋を開くと、ゆうちょ銀行の通帳と年金手帳を出し、ポケットに入れた。ベッドのマットレスの下からは、認印だけを取り出す。それで充分だ。

足音を忍ばせて廊下を進み、トイレに入って水を流す。

「じゃあ、石川さん、今日はこれで」

リビングに戻ると、上宮は頭を下げた。

「すぐに新しい人に来てもらうようにしますから」

「良子さんによろしく伝えてくださいねえ」

千鶴子は名残惜しそうだ。

「はいはい、必ず伝えます」

満面の笑みで応えると、上宮は、ガラス戸を開けて外に出た。

5

門扉を閉め、足早に家から遠ざかる。

ここに来たとき覚えた違和感は、すでにどこかに吹っ飛んでいた。とにかく、一刻も早く貯金額を確かめたかった。

曼殊院の駐車場に戻って車に乗り込むと、すぐにゆうちょ銀行の通帳を開いた。六百万円ほどの貯金がある。

今は都市銀行の窓口で代理人が大金を引き出すのは難しいし、怪しまれればすぐに警察を呼ばれてしまう。だが、郵便局のほうは、民営化されたとはいっても、まだ親方日の丸的な意識がいくらか残っているのか、決められた書類を提出すれば比較的容易に金を引き出すことができる。余計なリスクを避けるため、上宮はターゲットを郵便貯金一本に絞っていた。

しかし、まだ金を手に入れたわけではない。

上宮は、ポケットからスマホを取り出した。「K」とだけ書かれた携帯番号を呼び出し、耳にあてる。

〈はい〉

すぐに、怯《おび》えたような女の声が聞こえた。

女の名前は小舘恵子《おだてけいこ》、四十六歳。建設会社に勤める夫と、高校二年生の息子がひとりいる。

恵子はパチンコにハマり、闇金に二百万円ほどの借金を抱えていた。同業者のネットワークを使って適当な「引き出し役」を探していた上宮が、借金を肩代わりするという条件で、恵子を仕事に引きずり込んだ。

恵子は上宮の素性は知らない。たとえドジを踏んで恵子が捕まったとしても、警察の手がすぐに上宮まで伸びることはない。

「俺や」

今日仕事があることはすでに伝えてある。恵子は、近くの喫茶店で待機しているはずだった。

「指定した場所に、ちゃんと来てるやろうな？」

〈はい〉

「あと十分ぐらいで行く」

〈はい〉

スマホを切ると、またも違和感を覚えた。

恵子は、今日はやけに素直だ。前回のときは、こんなことはこれきりにしてくれ、と必死で訴えていた。それなのに、昨日電話したときもそうだったが、今回はまるで動揺する気配がない。

「凶」のおみくじの内容が、一瞬頭を過《よぎ》った。

——何をビビってる。勘繰り過ぎや。

上宮は苦笑した。

大きくひとつ息をつくと、偽造したばかりの運転免許証と印鑑をバッグから取り出す。

免許証の写真は小舘恵子だが、名義は「田中明子《たなかあきこ》」。印鑑も、もちろん「田中」と彫られたものだ。

免許証と印鑑をスーツのポケットに入れると、今度はクリアホルダーを抜き出した。

ゆうちょ銀行のホームページからコピーしておいた委任状が挟んである。

膝の上にバッグを置き、その上にクリアホルダーを載せて下敷き代わりにし、用紙にペンを走らせる。年寄りが書いたように、弱々しい筆跡で、文字を歪めて書くのがコツだ。

委任状自体は、「委任者」と「受任者」の住所と名前を書き込み、「貯金の払戻し」の項目にチェックを入れ、金額を書き込むだけのシンプルなものだ。注意事項の中に『委任されたご本人さまに電話で委任内容を確認させていただく場合があります』とあるが、過去に二度引き出したとき、それはなかった。万が一電話をかけられても繋がらないから バレる恐れはないし、もしそれで金を引き出せなければ別の郵便局に行くまでだ。郵便局など、京都市内には腐るほどある。

委任状を書き終えると、上宮は車を出した。曼殊院前の坂道を下っていく。幹線道路のひとつである白川通に出ると南に向かい、右に折れて北山通に入る。指定した喫茶店の前に恵子が立っているのが見えた。肩をすぼめて両手で抱えるようにしてショルダーバッグを持ち、自分の足元にじっと視線を向けている。

路肩で停めて後部座席に乗せ、すぐにまた発進する。千鶴子が盗難に気づき、モジュラージャックを電話機に差し込んで、警察に通報する可能性もゼロではない。ぐずぐずしている暇はない。

左折して東大路通を進むとほどなく、対向車線を挟んで右手前方に郵便局が見えてきた。スピードを落とし、路肩に寄せて停める。

上宮は、通帳と印鑑、偽造運転免許証や委任状、年金手帳など一式を渡した。恵子がそれにひと通り目を通すのを待って、つばの付いたニット帽と、度の入っていない太い黒縁眼鏡を差し出す。サングラスまでかけると怪しまれることがあるが、帽子と眼鏡程度なら誰も不審には思わないし、防犯カメラに映っても、はっきりとした人相はわからない。

恵子の姿が郵便局の中に消えるのを見届けたとき、ふと思いついて、ポケットの中の「凶」のおみくじを摘み出した。こんなものを身に付けているのは不吉だ。かといって、今、車から投げ捨てたり破いたりすればバチが当たるかもしれない。

しばらく迷った末に、ひとまずグローブボックスの中に放り込んだ。気を取り直して車を発進させる。六百万円もの金を下ろすのにはそれなりに時間がかかる。同じ場所に停車し続けて人目を引くことは避けたい。

すぐ近くに大きな駐車場付きのコンビニがあった。車を停めると、店の中をひと回りし、雑誌コーナーで立ち読みし、タバコを買って車に戻る。

ゆっくり一本吸い終わったとき、スマホが一度だけ着信音を鳴らした。成功の合図だ。元来た道を引き返す。郵便局の前に恵子が立っているのが見える。

――年寄り相手の詐欺なんてちょろいもんや。

そう思いながら車のスピードを弛めたとき――、恵子の両側から二人の男が近づいてくるのに気づいた。

すると、ひとりが身分証のようなものを取り出して提示した。確かめるまでもない、二人は刑事だ。

上宮は混乱した。明らかに刑事は待ち伏せしていた。しかし、何故バレたのかがわからない。

とにかく逃げなければ、と思った。ブレーキにかかっていた足を離し、かわりにアクセルを踏む。

通り過ぎるとき、一瞬、恵子と目が合った。上宮は息を呑んだ。

恵子は笑っていた。目を細め、唇をわずかに吊り上げて。

思わず振り返った。恵子は左右を刑事に挟まれている。その顔にすでに笑みはない。

だが、確かに恵子は笑った。

――まさか、あの女が自分で警察に通報したのか？

電話で話したとき、恵子はやけに素直だった。あのときすでに、警察に自首しようと決意していたということか。

怒りが脳天に吹き上がった。拳でハンドルを叩きながら「あのアマ！」と大声で叫ぶ。

しかし、もうどうしようもない。問題は今後のことだ。これからどうすればいいのか、上宮の頭の中はめまぐるしく回転を始めた。

自分の素性がすぐに警察にバレることはない。とはいえ、知っていることを恵子が全て自白したら、いずれ警察は黒幕である自分にたどり着くだろう。

事務所の金庫の中には、十数枚の闇金の借用証書と、債務者から取り上げた健康保険証や免許証、年金手帳、実印などの他、二千万円余りの現金も入っている。全て持ち出してとりあえず姿を消すしかない。

上宮はスマホを手にした。信吾を呼び出す。

「今どこや！」

相手が口を開く前に訊いた。

信吾は今日、借金の取り立てに行っているはずだった。

〈西陣ですが〉

「まずいことになった。事務所に戻ってこい」

〈すぐにですか？〉

わけがわからないのだろう、信吾が戸惑った声を上げる。

「つべこべ言わんと、急いで来い！」

背後を振り返って追跡してくる車がないことを確かめると、上宮はアクセルを踏み込んだ。

6

上宮は、雑居ビルの狭い入り口をくぐり、その突き当たりにある階段を駆け上がった。ひっそりと静まり返った薄暗い廊下を進み、事務所に飛び込む。デスク横の壁につけて大きな金庫が置かれている。部屋を横切り、その前にひざまずく。

ダイヤル錠の数字の組み合わせは上宮しか知らない。摘みを左右に回して四つの数字を合わせ、重い扉を開ける。バッグの口を大きく開け、金庫の中の物を次々に入れていく。

それが終わると、上宮は部屋の中を見回した。

他に持ち出すべきものは、ノートパソコンと、キャビネットに入った債務者のファイル、それだけだ。警察が今すぐここにやって来るはずはないから焦る必要はないが、急ぐに越したことはない。

デスクの前で腕時計に目をやる。そろそろ信吾が来る頃だろう、と思ったとき――。

いきなりドアが開いた。

入ってきた二人組を見て、上宮はその場に立ちすくんだ。郵便局の前で見た刑事だ。

あまりの驚きで身体が硬直した。

「おとなしくしろ！」

体格のいい若いほうの刑事が、小走りに近づいた。

「壁のほうを向いて立て」

金庫とは反対側の壁を指し示す。

上宮は観念した。言われた通り壁の前に移動する。次に刑事は、壁に両手をつくよう指示した。

背後から刑事が両手で身体を触る。ポケットから車のキーとスマホを取り出し、デスクの上に放り投げる。

「マル被の身柄を確保」

年配の刑事が、携帯で報告を始めた。

「大至急応援を頼む。場所は伏見区＊＊の雑居ビル二階、一番奥」

携帯をポケットにしまうと、刑事は「連れてけ」と若い刑事に命じた。

「来い」

腕を摑まれ、引きずられるようにしてドアに向かう。

部屋を出る前に振り返ると、年配の刑事が、金庫の前に置いたバッグを開けるのが見えた。全身から力が抜け、頭の中は真っ白になった。呆然としながら階段を降りる。

ビルの外に出ると、上宮の車の前に、刑事が乗って来たらしい覆面パトカーが停まっていた。

「乗れ」

刑事が後部座席のドアを開ける。

ふらつきながら乗り込もうとしたとき、

「兄貴！」

背後で大声がした。信吾だった。頭を低くし、こっちに向かって突進してくる。

刑事が身構えるより早く、信吾が腹にタックルした。そのまま地面に倒れ込む。上になった信吾が、起き上がろうともがく刑事を必死で押さえつける。

「逃げろ、兄貴！」

上宮は我に返った。踵を返し、一目散に走り出す。

「逃げろ！」

もう一度信吾の声が聞こえた。

振り返ると、体勢を立て直した刑事が信吾を組み敷くのが見えた。構わず上宮は走り続けた。

誰も追ってこないことを確かめると、タクシーを拾った。大阪方面に向かうよう指示し、シートに身を埋《うず》める。

7

現場から遠ざかるにつれ、上宮は少しずつ落ち着きを取り戻した。

すると、ふと違和感を覚えた。何かがおかしい。

あのタイミングで刑事が事務所に現われたということは、郵便局の前からあとをつけられたと考えるしかない。つまり、「今目の前を通り過ぎた車に犯人が乗っている」と恵子が訴え、二人の刑事が慌てて覆面パトカーに乗り込み、あとを追ってきたということだ。しかし、ずっと注意していたが、追跡してくる車などなかった。

刑事が二人きりで踏み込んできたことも腑に落ちない。アジトを突き止めたのなら、まず応援を呼び、逃げられないよう周辺を固めるのが普通ではないのか。

そこまで考えたとき、石川千鶴子の家の前で浮かんだ違和感のことを思い出した。あれはなんだったのだろう。

門扉の前に立ち、郵便受けの横にあるインターホンに手を伸ばした。違和感を覚えたのはそのときだ。

壁に付いた郵便受けには、住所が書かれていた。名前だけの表札が多い中、珍しいと思った。

——そうか……。

違和感の正体がわかった。住所だ。

——俺は、どこかであの住所を目にしたことがある。

うつむいて目を閉じ、記憶をたどる。

数日前の朝、コンビニの前のベンチで事件の検索をした。

ビル火災、二人の悪徳警官、夫を刺した妻、大麻所持の高校生、宗教詐欺の女——。

警官と妻と高校生と巫女姿の女の写真、書き込まれた自宅の住所——。

「あっ！」

思わず声を上げた。

運転手が、どうしました、と声をかける。

上宮は応えない。応えられない。頭の中には、スマホの画面で見た二人の悪徳警官の顔が浮かんでいた。

——間違いない。

郵便局の前で恵子に近づき、事務所に押し入ってきたのは、あの二人だ。そしてそのどちらかの自宅の住所が、石川千鶴子の郵便受けに書かれていたのとほとんど同じだったのだ。つまり、悪徳警官のひとりが、あのすぐ近くに住んでいたということになる。

悪徳警官は、何かのきっかけで千鶴子が詐欺のターゲットになっていることを知った。

そして、恵子を抱き込んでひと芝居うち、金を奪った。

しかし、それでもなお疑問は残る。恵子が事務所の場所を知っているはずはないのだ。

——だとしたら……。

上宮は目を剝いた。

黒幕の正体がわかった途端、全身の血が逆流した。同時に、「凶」のおみくじの内容が頭に浮かび上がった。

——あれは本物のお告げやったんや。

上宮は顔を歪めた。そして、運転手が気味悪げにミラーを見上げるのにも構わず、呻《うめ》き声を上げながら頭を搔《か》きむしった。

エピローグ

振り返った信吾は、近づいてくる人物の姿を見て、驚きに目を見開いた。

さっきまで話していた隣家の男だった。

「お前、何を企んどるんや」

目の前に立ち塞がると、ドスの利いた声で男は言った。

「石川の婆さんのことをあれこれ訊くから、どうも怪しいと思ってあとをつけたんや。お前、宅配便屋やないな。コソ泥か、詐欺師か？」

「いや、そんな……」

「俺は警察官や。お前がやろうとしてることぐらいもうわかってる。ごまかそうとしても無駄や」

警察官と聞いて観念した。ここで逮捕されるのだと思った。しかし、男は意外な行動に出た。信吾の腕をとると、元来た道を戻り始めたのだ。

信吾を自宅に引っ張り込むと、男は、黙っててやるから金をよこせ、と脅した。そして、自分の正体を明かした。警察を懲戒免職になったばかりだという。

家の中は荒れていた。弁当の空き箱や、ビールの空き缶や、乾きものの袋や、丸めたティッシュなどが散乱して足の踏み場もないくらいで、生ゴミの臭いが漂っていた。棚の上に小学生ぐらいの子どもの写真が飾ってあるから、結婚はしていたのだろうが、いっしょに住んでいるようには見えない。すでに離婚しているのだろう。

五百万よこせ、と男は言った。石川の婆さんは貯め込んでるだろうから、それくらいよこしてもまだ充分稼ぎは出る。

男の話を聞いているうちに、信吾は今度の計画を思いついた。正確に言えば、前から妄想していた計画を実行に移そうと決意した。

殴られ、蹴られ、罵《ののし》られ、こき使われて、もらえるのは、ほんの小遣い程度の金だった。いつか仕返ししてやろうと、ずっと考えていた。頭の中で上宮を陥れる計画を何度も練った。

信吾は男に、その計画のことを話した。男は食いついた。同じく懲戒免職になった相棒の元警官をすぐに呼び寄せ、三人で計画を練り直した。

小舘恵子に知らせるかどうかについては、最後まで悩んだが、結局打ち明けた上で協力させることにした。芝居だと知らせないまま実行すれば、逮捕される場面で騒がれることも考えられる。人通りの多い場所で目立つことは極力避けたかった。

信吾は恵子に連絡を取った。そして、五十万円を報酬として支払うことを約束した。恵子は二つ返事で了承した。

金庫の中にあった二千万円余りの金は、恵子への報酬分を除いて二人の悪徳警官に差し出した。信吾は、恵子が引き出した石川千鶴子の郵便貯金六百万円余りを手にした。闇金の借用証書と、債務者から取り上げた各種証明書や実印などは、同業者に四百万円で売り払った。それで、取り分は合わせて一千万円になった。

――あの日見た占いは当たっていたのだ。

占いの内容を毎日気にする上宮をバカにしつつ、信吾は試しに、スマホで自分の運勢を検索してみたのだった。

『今日のあなたは強運に恵まれています。予期せぬ出会いが、輝かしい未来へ向かうきっかけになってくれるかも。ラッキーカラーはブラック』

まさにその通りになった。黒い警察官との出会いが、輝かしい未来へ向かうきっかけになったのだ。

上宮の車を運転しながら、信吾は含み笑いを漏らした。

信吾は、盗難車を買い取ってくれる業者の許に向かっていた。集まった車は、ロシアやミャンマー、中国などに輸出されるという。国産の中古セダンだからたいした金額にはならないだろうが、新幹線代の足しにはなるはずだ。先のことはまだ何も決めていなかったが、とりあえず関西を離れることは決めていた。東京に出て、しばらく遊びまくるつもりだった。

赤信号で停まると、何か金目のものが入っていないかと、信吾はグローブボックスを開けた。小さな紙片が一枚だけ入っていた。おみくじのようだ。

上宮の占い好きにあきれながら薄い紙を広げる。

『「凶」このみくじに会う人は、正しき心をもち、自制することなければ、信頼していた身内に見放され、暴風の中に立たされる。神仏に念ずることなくば、思わぬところから暗雲が垂れ込め、後に天罰が下る』

――なるほど。

当たってるじゃないか、と信吾は思った。まさか手下に裏切られるとは、上宮は思ってもいなかったはずだ。

それにしても、「凶」のおみくじがどうしてこんなところに残っているのか不思議だった。信吾は、子どもの頃祖母から、「よいおみくじは持って帰り、悪いおみくじだけを神社の木に結ぶ」と教わった。占い好きのくせに、上宮はそんなことも知らなかったのだろうか。もしかしたら、よいおみくじのほうを結んでしまったのかもしれない。

――そんなことをするからバチが当たったのだ。

腹の底から笑いが込み上げてきた。信吾は声を上げて笑った。

信号が青に変わった。アクセルを踏みながら、おみくじを丸めて床に捨てる。

この先で道路工事でもしているのか、だんだん流れが悪くなってきた。歩くようなスピードでしか進まない。気晴らしに、スマホを操作して地元紙のウェブサイトを開いた。すでに事件のことがアップされていた。

『またも高齢者を狙った窃盗詐欺』

以前、記事が掲載されたとき、上宮は、自分が怪盗ルパンになったようだと上機嫌で話していた。今この記事を見て、上宮はどう思っているだろう。一杯食わされたと知って、怒り狂っている頃だろうか。

顔を真っ赤にして頭を掻きむしる上宮の姿を思い浮かべながら、その内容に目を向ける。これまでの数行のベタ記事と違い、今回は石川千鶴子宅で行なわれたことが、詳細に記されている。

記事が後半部分にさしかかったとき、信吾は思わず顔をしかめた。

『石川さんを担当していたヘルパーの女性は、契約者の家を車で回っていたとき、あとをつけてきた乗用車があったと証言しており、京都府警ではこの不審な車の特定を急いでいる』

身体から血の気が引いた。

──清水良子は、尾行に気づいていた。

コンビニの防犯カメラや、幹線道路に設置されているNシステム（自動車ナンバー自動読取装置）などをチェックしていけば、いずれ車は特定され、警察は上宮にたどり着く。

それだけではない。上宮の車のナンバーが知られれば、今こうしてその車を運転している自分の姿も、Nシステムで捉えられることになる。

優秀なヘルパーは、観察眼が鋭く、よく気が回る。たかが介護のおばさんだと思って、上宮は見くびり過ぎていたのだ。

──思わぬところから暗雲が垂れ込め、

というおみくじの内容が、不意に脳裏に甦《よみがえ》った。

──このみくじに会う人は、

その中には、上宮だけではなく、おみくじを開いて読んだ自分も含まれるのではないか。

記事の最後は、良子の怒りの言葉で結ばれていた。

『おばあちゃんをだますなんて許せません。犯人には絶対に天罰が下ります』

＊曼殊院のおみくじの内容は作者の創作です。

仏像は二度笑う

プロローグ

片山正隆《かたやままさたか》は、幼い頃から手先が器用だった。勉強は苦手だったが、小中学校では図画工作の成績だけはいつも最高点をもらっていた。粘土細工や木工工作のコンクールでは、何度も全国大会で大きな賞を受賞した。

伯父が住職を務めている岡山市の郊外にある小さな寺で、鎌倉時代に作られたという仏像を見せてもらったのは、小学校五年生のときだった。それは、高さが一メートルほどある木彫りの千手観音像で、正隆はその美しさにすっかり魅了された。それ以来、将来は自分も、こんな仏像を作ってみたいと思うようになった。

中学三年生になると本気で仏師になろうと決め、伯父に相談した。奈良の山奥に、知り合いが房主をしている仏所があるという。仏所とは、仏像を専門に制作している工房のことで、見学したいと懇願すると、伯父は、夏休みにそこに連れて行ってくれた。

それは、スーパーもコンビニもない山の中にあった。近くの街までは、車で三十分近くかかった。

仏所には、六代目にあたるという五十代の房主夫妻の他に、二十代から四十代の四人の男性仏師がいた。家庭を持っている四十代の仏師の他は、房主夫妻を含む全員が、工房に隣接した房で寝泊まりしているという。

倉庫には、出来上がったばかりの仏像が並んでいた。あまりの素晴らしさに、感動で身体が震えた。正隆はその場で、中学を卒業したらこの工房で働くことを決めた。

両親は反対した。特に母親は、ひとりっ子の正隆がこんなに早く家を出て行くことなど、想像もしていなかったのだろう、毎日のように、思いとどまるよう訴えた。正隆は聞く耳を持たなかった。一日も早く修業を始めて、自分の仏像を作りたかった。

両親を説得してくれたのは伯父だった。

――全ては仏のお導きや。仏像作りは正隆の天職かもしれん。

伯父はそう言ってくれた。渋々ながら、両親は正隆が決めた進路を受け入れた。

周囲から隔絶された山奥の工房で、正隆の新しい生活が始まった。掃除や洗濯などの下働きから始まり、他の仏師たちの助手をしながら徐々に仕事を覚え、やがて簡単な木像を彫らせてもらえるようになった。脇目もふらず、正隆はひたすら修業に没頭した。

二十歳を過ぎる頃には、ひとりで仕事を任せてもらえるようになった。その上達ぶりに、皆は舌を巻いた。

転落は、思わぬところからやってきた。

休日——。先輩の仏師二人に連れられて、正隆は初めて競輪場に行った。賭けたのはわずかな金だったが、たまたま大穴が当たり、大金を手にした。

それ以来、休日の度に競輪場に出かけるようになった。競馬にも手を出した。賭け金は徐々に増え、負けが込むとサラ金に手を出すようになった。借金は増え続けた。それでもギャンブルはやめられなかった。

仕事に身が入らなくなった正隆を心配し、その理由を他の仏師から聞き出した房主は、賭け事をいっさいやめることを条件に借金を立て替えてくれた。正隆は、ギャンブルから足を洗うことを固く誓った。

しかし、その誓いを守れたのは二年足らずの間だけだった。房主への返済分は給料から天引きされていたが、完済すると、ちょっと一回だけ、と手を出したのをきっかけに、またずるずると競輪場、競馬場通いが始まった。サラ金から借りられなくなると、闇金に手を出した。取り立て屋は、仏所にまでやって来るようになった。

六代目房主は、とうとう正隆を見放した。

——お前には特別に目をかけていたのに。

苦渋の表情でそう告げ、破門を言い渡した。

房主は、退職金のかわりだと言って、百五十万円ほどあった借金を肩代わりしてくれた上に、故郷までの交通費として五万円が入った封筒を差し出した。正隆は、仕事道具一式と、自分が彫った高さ七十センチほどの阿弥陀如来像一体を手に、工房を離れた。

しかし、故郷には戻れなかった。ギャンブルの借金が原因で破門されたなど、とても両親には話せない。伯父にも合わす顔がない。

大阪に出ると、安いビジネスホテルに泊まりながら職を探した。しかし、中卒で、仏像を彫る以外になんの職業経験もなく、住むところもない正隆を雇ってくれるところなど、どこにもなかった。

あっという間に房主からもらった金も使い果たした。あとは、持ち出した阿弥陀如来像を売るしかなかった。

正隆は京都に向かった。寺社が多い京都には、当然仏具店もたくさんある。目についた店を片っ端から訪ね、仏像を買ってほしいと頼んだ。

作品の出来には自信を持っていた。十万円前後の値はつくと思っていた。しかし、提示された金額は、数千円から一万円の間だった。足元を見られているのがわかった。中には、正隆の噂を耳にしている店主もおり、門前払いされることもあった。仏具店で売るのはあきらめるしかなかった。

正隆は、仏像を古美術商に持ち込むことを思いついた。目利きが見れば、自分の阿弥陀如来像が一級の美術品だとわかるはずなのだ。古美術品ではないが、気に入ってくれたら買い取ってもらえるかもしれない。

京都御所の南側に古美術品を扱う店が多いことは知っていた。正隆は、工房から持ち出した荷物を抱えて、店舗が集中している寺町通に向かった。

長さ一キロ足らずの通りには、古美術店だけでなく、エスニック系の民芸品を扱う店や、老舗《しにせ》の和洋菓子店、古書店やアートギャラリー、さらにはレストランや家具店の他、一般の会社のオフィスや劇団の事務所までが軒を連ねていた。

最初に入った店には購入を断わられたが、二軒目に入った光文堂という古美術店の店主は、仏像だけでなく、それを彫った正隆にも興味を示した。金も、住むところもないことを打ち明けると、いっしょに来るようにとだけ告げ、店を出た。

店主の滝口《たきぐち》が運転する車で向かったのは、京都市北部に位置する大原の、山間《やまあい》にある古い民家だった。元々は両親が住んでいたが、十年ほど前に相次いで亡くなり、それ以来自分が管理しているのだと滝口は説明した。

玄関を入ると、町家風に通路が奥に延びており、突き当たりの広間が作業場のようになっていた。十畳ほどの土間の中央に木製の大きな台があり、壁には様々な形と大きさの木材が並べられていた。

滝口は木材のひとつを手に取り、これを使ってもうひとつ阿弥陀如来像を作るように命じた。もしそれを気に入ったら、ここに住み込みで働かせてやる。充分な給料も支払う。そう約束した。

滝口が目の前に置いた木材は、新しいものではなかった。ひと目で、百年以上前に切り出されたものだとわかった。

あとで知ったところでは、滝口は、古い寺を建て替えたり、廃寺になって建物が取り壊されるときに出る廃材を、裏から手を回して買い取っているとのことだった。それで仏像を彫らせ、古美術品として売るのだ。つまり、ここは贋作《がんさく》作りの工房だった。一年程前までは別の贋作者が住んでいたが、アルコール依存症でまともな仕事ができなくなり、放り出した。贋作者はその後ホームレスになったという。

言われた通り、正隆は、もう一体阿弥陀如来像を彫った。その出来栄えに滝口は満足した。

滝口は正隆を連れて近所を回り、新しい賃借人だと紹介した。

近所の誰もが滝口には好意的だった。その仏様のような笑顔は、贋作を売りさばく悪徳業者にはとても見えなかった。

滝口本人が大原を訪ねて来ることはほとんどなかった。かわりに、滝口のひとり娘の加奈《かな》が、一週間に一度、日用品や食料品などを手に、様子を見にやって来た。

加奈は、当時二十八歳だった正隆よりひと回り近く年上の、化粧っけのまるでない地味な女性で、まだ独身だった。あとになって、中学生のときに亡くなった母親のかわりに、滝口の世話や家事、店の手伝いをずっとしてきたということを知った。

贋作の制作には反対しているらしく、加奈は、最初はあからさまに嫌悪の視線を向けてきた。必要なこと以外口をきかず、目を合わせようともしなかった。二人が面と向かって言葉を交わすようになったのは、正隆のギャンブルがきっかけだった。

大原に来てからも、相変わらずギャンブルはやめられなかった。贋作の報酬は全て公営ギャンブル場に消え、またもサラ金に手を出した。

借金返済のため、正隆は加奈に報酬の前借りを頼んだ。加奈はそのわけを厳しく問い詰めた。二人がまともに口をきいたのは、そのときが初めてだった。仏所を出なければならなくなった理由も含めて、正隆は正直に全て話した。

加奈の行動は素早かった。ホームレスになったという前の贋作者のことで、心を痛めていたこともあったらしい。ギャンブル依存症の専門外来がある心療内科を調べ、正隆を強引にそこに連れて行った。

それ以来、週に一度のカウンセリングが始まった。加奈も必ず付き添ってくれた。

大原で暮らし始めて一年半ほど経ったある日――。

ようやくギャンブル依存症から抜け出しつつあった正隆の前に、滝口は、一体の木彫りの立像を持って現われた。

それは、円空仏《えんくうぶつ》だった。

1

蛸《たこ》の柔らか煮をひときれ箸で摘《つま》み、口に入れる。にこごりの甘みと蛸の風味が、すぐに舌の上で広がった。蛸はとろけるように柔らかく、身の中にまでしっかりと味が染み込んでいる。

――うまい。

思わず頬を弛《ゆる》めると、津久見《つくみ》は、カウンターの向こう側で洗い物をしている男に顔を向けた。

「うまいよ、これ」

「気のせいやろ」

シンクから顔も上げずに、店主の相原《あいはら》が答える。いつもと変わらぬ無愛想な態度に、津久見は苦笑を漏らした。

割烹相原は、寺町通からひと筋入ったところにある、カウンター八席だけの小さな店だ。値段は居酒屋並みに安いが、下手な料亭などよりはるかにうまい。ただし、津久見と同じ五十歳前後に見える強面《こわもて》の二代目店主には、客をもてなそうなどという気はさらさらないようだ。

地方でホテルの料理長をしていたという相原が、引退した父親の跡を継いでこの店の調理場に立つようになったのは、二年ほど前のことだ。先代も口数が少なく無愛想な料理人だったが、その遺伝子は、どうやら息子にも引き継がれたらしい。

場所柄もあって、この店には古美術関係の客が多い。

津久見がここに来るのは、安さと味の良さもさることながら、耳を澄ましていると業界の裏話を聞くことができるからだ。ついさっきまでいた二人の客も、もうすぐ古伊万里の皿が大量に出回るらしいとか、どこそこの店が贋作をつかまされたようだとか、レプリカを本物と偽って何百万円も儲けた業者があるだとか、そんな話をひそひそ声で話し合っていた。

裏情報を得るには、ここはなかなかいい場所なのだ。できれば毎日通いたいぐらいだが、日本全国を飛び回っている身としてはそうもいかない。それでも、津久見は、平均すれば週に一度はここに来ていた。

再び無愛想な店主に目を向ける。

相原なら、裏情報をいっぱい持っているはずだ。有益な話を聞き出すためにも仲良くなろうと頑張ってはいるのだが、とにかく取り付く島がない。今日も、何度も話しかけているのだが、まともに応えるどころか、目も向けてくれない。

時刻はすでに午後十一時を回っており、客は、カウンターの一番奥にいる中年の男と自分だけだった。男は、夜だというのにサングラスをかけ、白髪交じりのもじゃもじゃ頭に無精髭《ぶしょうひげ》を伸ばしている。着ているのは毛玉の浮いたセーターとデニム、足にはサンダル。陶芸家や絵描きなども店にはよく来るようだから、その筋の人間かもしれない。さっきまで携帯をいじっていたが、今は正面の壁のほうを向いたまま、ちびちびと日本酒をすすっている。

相原は黙々と洗い物を続けていた。そろそろ帰ってくれと、その横顔が言っているようだ。

——やれやれ……。

小鉢を空にし、ぐい呑みに残った日本酒をひと息で呷《あお》る。

お勘定——、と言いかけたとき、ガラガラと音を立てて戸が開き、デイパックを肩に下げた若い男が入ってきた。髪は金色、黒いレザージャケットに細身の黒いデニム、真っ赤なスニーカー。ミュージシャンか、小劇場専門の役者のように見える。

洗い物の手を止めて入り口に目を向けると、

「なんや、悠矢《ゆうや》くんか」

相原は、珍しく唇の端に笑みを浮かべた。

「どうも」

悠矢と呼ばれた男は、首をすくめるようにして挨拶した。津久見にも顔を向け、軽く頭を下げる。サングラスの男は、まるで意に介さず、正面の壁を見つめている。

「今、いいですか？」

悠矢が訊いた。

「ああ、ええよ」

タオルで手を拭きながら相原がカウンターの中から出てくる。ずいぶん親しいようだ。

デイパックを椅子に置くと、悠矢は中から花瓶を取り出した。

――九谷《くたに》焼だ。

津久見は目を細めた。

大きさは八号ほど。高さは三十センチ弱ぐらいか。牡丹《ぼたん》が大きく描かれている。

「どれ」

悠矢から花瓶を受け取ると、相原は、天井の電灯の真下、津久見のすぐ横に移動した。顔の高さに持ち上げ、いろいろな角度から眺め始める。土産物用に作られたような粗悪品でないのはひと目でわかった。それどころか、かなり上物のように見える。

「十五万でええか？」

ぶっきらぼうな口調で相原が言った。

――十五万？

安いのではないか、と思った。あるいは、傷でも見つけたのか。

「もちろんいいです」

悠矢は嬉しそうだ。

「今、金、取って来るから」

花瓶を無造作にカウンターに置くと、相原は、サングラス男の背後を通って店の奥に向かった。突き当たりに階段が見える。履いていたサンダルを脱ぐと、トントントン、と足音を響かせて上がっていく。

「ちょっと見せてもらっていいかな？」

津久見が声をかけると、悠矢は笑顔で「どうぞ」と答えた。

相原がしたように花瓶を持ち上げ、ゆっくりと回しながら見ていく。

――素晴らしい。

津久見は思わずため息を漏らした。

骨董品は、できれば日の光の中で見るのがいい。電灯の下では、粗《あら》が見つけにくいのだ。だが、この九谷は明らかに名品だ。傷もない。最低でも五十万円はするのではないか。

それを、相原は十五万円で買い取った。

――とんだ狸《たぬき》だ。

鼻で笑いながら花瓶を慎重にカウンターに戻し、再び椅子に腰を下ろす。

「これは、どこで手に入れたの？」

「それは、その……」

少しだけ言いよどんだが、

「うちの蔵からです」

いたずらっ子のような笑みを浮かべながら、悠矢は言った。

「もしかして、勝手に持ち出したとか？」

「はあ、まあ……」

バツが悪そうに頭を搔《か》く。

「それ、じいちゃんのコレクションなんですけど、蔵に入ったまま埃を被ってて……、誰も見向きもしないもんで……」

「誰も見向きもしない？」

津久見は絶句した。何十万円もの価値があるこの花瓶に、家族は誰も興味を持っていないのか。

訊くと、悠矢の祖父は静岡にある大手企業の前社長で、コレクションはバブルの頃に買い集めたものらしい。数年前に亡くなり、会社は、今は父が跡を継いでいるのだという。

「おじいさんのコレクションに、本当に誰も興味ないの？」

「親父は仏像専門なんです」

——仏像……。

心臓が一度、トクンと跳ねた。

「お父さんが、仏像を集めてるの？」

「はい。家のひと間、仏像だらけですよ。何がいいんだか……」

「あのさ」

津久見はスーツのポケットから名刺入れを取り出し、素早く一枚引き抜いた。『沢井《さわい》明彦《あきひこ》』という偽名に、携帯の番号だけが入った名刺だ。

「実は僕、古美術商なんや。もっとも、店は持ってないけどどね。全国あちこちで立つ市とかに行って古美術品を買って、それを欲しい人に売る。そういう商売してるんや」

「へえ」

「でさ——、このあと、ちょっと話できないかな。一杯やろうよ、おごるから」

「はあ……」

曖昧な答えが返ってきたとき、階段を降りてくる足音が響いた。

「外で待ってるから」

小声で言いながら財布を取り出す。

「お勘定」
剝き出しの万札を手に戻った相原に向かって、津久見は言った。

2

吉田《よしだ》悠矢は、三年前に京都の私立大学を卒業。その後、プロのミュージシャンを目指しながら、今はフリーターをしているのだという。そのうちあきらめて静岡に戻ってくると両親は高をくくっているらしいが、本人にそのつもりは全くないようだ。それでも、盆や正月や法事などの折には帰省し、そのときに蔵から祖父のコレクションを勝手に持ち出してくる。最初は、寺町通の古美術店で売っていたという。

相原の店には、バンドのライブ告知のチラシを置いてくれるよう頼んだのがきっかけで、たまに飲みに行くようになった。ある日、いくつか古美術店を回った帰り——。安値しかつかなかったために売らずに持っていた古伊万里の皿を相原に見せると、倍近い値で買い取りたいと言ってくれた。以来、何度か骨董品を持ち込んでいるのだという。

——なるほど。

鴨《かも》川を見下ろせるバーのカウンターでグラスを傾けながら、津久見は薄く笑った。悠矢を信用させるために、最初はあえて高値で買い取ったということだろう。その後、相原は、たっぷり儲けているはずだ。古美術品の売買は、まさにだまし合いの世界なのだ。

「お父さんを紹介してくれへんかな」

悠矢がいい気分で酔っ払い始めるのを待って、津久見は声をかけた。

「はあ？」

とろんとした目で悠矢が訊き返す。

「実は、いい出物があるんや。円空仏なんやけど」

「円空？」

「聞いたことないかな」

「さあ……。そっち方面のことは、俺、さっぱりわかりません」

「お父さんなら知ってるよ」

円空は江戸時代の僧で、全国を放浪しながら、各地で仏像を彫り残したことで知られている。六十余年の生涯で十二万体を彫ったともいわれ、現在までに全国各地で五千体以上が見つかっている。その作品は、一見ゴツゴツとした粗っぽさが目立つものの、じっと見ていると、内面から滲《にじ》み出してくるような滋味深いオーラに魅了されてしまう。また、多くの円空仏が口許にたたえている微笑は「円空笑み」と呼ばれ、ガンダーラ仏の「アルカイックスマイル」に匹敵するとも言われる。円空仏は、仏像コレクターなら喉から手が出るほどほしいはずだ。

「今、その円空仏の買い手を探してるとこなんや。もしお父さんが買ってくれたら、悠矢くんに手数料払うよ」

「ほんまですかあ？」

「十万円でどう？」

悠矢は小さく口笛を鳴らした。

「悪くないですね」

「だろ？」

「けど、どうかな……。俺が言うことなんてまともに聞いてくれるとは思えないけど」

「君のアドレス教えてくれたら、あとで仏像の写真送るよ。それをお父さんに転送してくれないかな。興味があるようなら、僕が現物を持って静岡に行くから」

「ふうん……」

さほど乗り気のようには見えなかったが、悠矢は結局アドレスを教えてくれた。

午前一時を過ぎると、悠矢の瞼《まぶた》が重くなってきた。会計を済ませ、身体を支えるようにして店を出て、タクシーを拾う。

一乗寺にある有名なラーメン屋の名前を運転手に告げると、悠矢はすぐにシートにもたれ、目を閉じた。住んでいるマンションはそのラーメン屋のすぐ近くにあるらしい。

車内では、最近では珍しくラジオがかかっていた。ちょうどニュースが流れており、介護会社の社員を装ってひとり暮らしの老人から金を奪っていた、詐欺・窃盗の犯人が逮捕されたと伝えている。

骨董業界ではだまし合いが日常だが、詐欺罪に問われることはほとんどない。この業界では、だますが勝ちなのだ。だまされることを恐れるなら、最初から関わらないほうがいい。しかし、駆け引きのスリルを一度でも味わうと、この業界から抜け出すことは難しい。

軽くいびきをかき始めた悠矢を横目にスマホを取り出し、悠矢の父親の会社について検索する。

『東海カントリーグループ』は、いくつかのゴルフコースやホテル、巨大な缶詰工場を所有する、静岡県では有数の企業だった。グループ全体の資本金は四十億円超、従業員数は約千名、売上高は四百五十億円。社長は吉田一成《かずなり》、五十七歳。

――うまくいけば、こいつはいいカモになる。

スマホの画面を見ながら、津久見は口許をほころばせた。

3

吉田一成の秘書を名乗る女性から電話がかかってきたのは、一週間後のことだった。社長は翌週、仕事で大阪のホテルに三泊ほど滞在するが、そのとき仏像を見ることは可能か、という問い合わせだった。ホテルの部屋に直接出向くことを伝え、日時を決めた。

スーツにネクタイを身に着け、円空仏を納めた桐箱が入ったショルダーバッグを車に積むと、津久見は、大阪駅近くに聳《そび》える外資系のホテルに向かった。

指定された午後三時きっかりにフロントカウンターに着き、内線で部屋に連絡してもらう。

ソファに腰を下ろして待っていると、グレーのスーツに身を固めた、三十代後半に見える女性が近づいてきた。津久見が立ち上がると軽く会釈し、吉田の秘書だと名乗る。二人はその場で名刺を交換し、エレベーターに乗り込んだ。

向かった部屋は、最上階に近いスイートだった。広々とした部屋のガラス張りの壁面から、梅田の街並みが見渡せた。

吉田は、いかにも大企業の社長という感じの、かっぷくのいい落ち着いた紳士で、「わざわざご足労いただいて申し訳ない」と最初に詫びの言葉を述べた。

夕方から予定が入っていてあまり時間がない、という秘書の言葉に急《せ》かされるようにして、津久見はバッグを開けた。白い手袋を両手に嵌《は》めてから桐箱を取り出してテーブルの上に載せ、蓋を開ける。その様子を、ソファに腰を下ろした吉田が、固唾《かたず》を呑んで見守っている。

津久見は、高さ六十センチほどの木彫りの立像をテーブルの上に置いた。荒々しさと繊細さが入り混じったような彫りに、特徴であるミステリアスな微笑み――。円空仏にも様々な種類があるが、これは菩薩《ぼさつ》像だ。

吉田の口から、感嘆のため息が漏れた。

用意してきたもうひと組の手袋を吉田に差し出す。仏像に目を向けたまま指を通すと、ゆっくり腕を伸ばした。両手で捧げるようにして持ち上げ、顔に近づけて、様々な角度から鑑賞する。

「素晴らしい」

慎重にテーブルに戻すと、吉田は、改めてうっとりとした表情で仏像を見つめた。

不意に我に返ったように、津久見に目を向ける。

「これは、いくらで譲っていただけるのでしょう」

「四百万円、と思っております」

横に立つ秘書の眉が、一瞬吊り上がった。

「なるほど……」

吉田が小さくうなずく。

「確かに素晴らしいものだとは思うが……、しかし、これが本物かどうか、素人の私の目だけで判断するのはちょっと危険かもしれません。失礼ながら、あなたとも初対面ですしね」

「はい」

しかも、出来損ないの息子の紹介だから、信用されないのも無理はない。

「どうでしょう。大阪には私が懇意にしている、円空仏に詳しい骨董屋がいまして、その人間に見せたいと思うのですが。これを一日だけ預からせていただくわけにはいきませんか？」

「そうですか……」

津久見は、わずかに眉をひそめてみせた。

鑑定したい、と言い出すことは想定済みだった。十二万体は大げさにしても、円空が相当数の仏像を彫ったことは間違いない。つまり、その分、贋作も出回りやすいということだ。コレクターが慎重になるのは当然のことだった。

「一日でいいんですね？」

わずか一日で鑑定ができるのなら、願ってもないことだ。津久見は、改めて静岡に持って行くことも想定していた。

「骨董屋には今から電話して、今夜にでも取りに来てもらうことにします。父の代からの付き合いですから、私の頼みなら嫌とは言わないはずです」

「わかりました」

津久見は笑顔で答えた。

「直筆で預かり証を書いていただけるのなら、一日お預けします。ひとつだけご理解いただきたいのは――」

そこで津久見は、わざとらしくテーブルに身を乗り出した。

「この円空仏は、本来なら重要文化財に指定されてしかるべきものです。ただ――、これは吉田さまもご存じかと思いますが、重文に指定されてしまうと、自由に売買ができなくなります。出所などもいろいろと詮索されるでしょう。

実は、この円空仏は、さるコレクターの方からお預かりしているものです。事情があって、その方がコレクションのいくつかを手放さなければならなくなり、買い手を探しているところなのです。今のところ重文指定は受けておりません。つまり――」

「鑑定するにしてもなるべく極秘裏に、ということですな。この円空仏のことは、他言無用と」

「はい」

「承知しました」

吉田が微笑む。

「知り合いの骨董屋は、信頼できる、口の堅い男です」

「そうですか」

津久見は身体を起こした。

「では、一日だけお預けします。明日またこちらにうかがいます」

秘書が手帳をめくって、スケジュールを確認した。午後四時、ということになった。

預かり証を受け取ると、飽きもせず仏像を眺めている吉田をあとに、津久見は部屋を出た。

4

翌日——。吉田は上機嫌で津久見を迎えた。本物の円空仏だと、お墨付きをもらったのだろう。
しかし、津久見は、渋面を作りながら頭を下げた。

　本当の勝負はここからだ。

「申し訳ないのですが、いったん仏像を持ち帰らなければならなくなりました」

　吉田の笑顔が凍りつく。

「どういうことです」

「実は昨夜、所有者に直接、仏像を買いたいと言ってこられたお知り合いの方がいらっしゃったようで……。京都のコレクターで、是非一度現物を見てみたいと……」

　吉田は、険しい表情になった。

「それはないだろう、君」

「しかし、吉田さまも、昨日の時点ではまだご購入を決めていらっしゃいませんでしたから……」

「しかし、交渉の最中だろう。私が優先されてしかるべきじゃないのかね」

「私もそう思います。ただ、私はお預かりしているだけで、所有者はまた別におられるので、その方の意向を無視するわけには……」

「まいったな……」

　音を立てて息を吐き、腕を組みながらソファにもたれる。

「君――、これはもしかして、売値を吊り上げるためにやってるんじゃないだろうね」

「まさか、そんな」

慌てて津久見が手を振る。

「私としては、吉田さまにご購入いただきたいと思っております。本当です。ただ、所有者が約束してしまったので、どうしても一度持ち帰らないといけません。ただ、まだそのお知り合いの方に売ると決まったわけではありません。吉田さまのことも所有者にはお話ししてありますので」

吉田は、むっとした顔つきのまま黙り込んだ。

平身低頭しながら、仏像が入った桐箱をバッグにしまう。

「五百万までなら出す」

部屋を出て行こうとする津久見の背後で、吉田が言った。

「明日の午後でよければ、キャッシュで用意しておく。なるべく早く連絡してくれ」

「わかりました」

振り返り、深々と一礼する。

前に向き直った津久見は、思わず破顔した。吉田は自分から値を吊り上げた。作戦成功だ。

車で京都の自宅マンションに戻ると、津久見は、バッグを寝室に運び込んだ。

クローゼットの中に、大型の金庫が備えつけてある。ダイヤルを回して解錠し、重い扉を開ける。

吉田の許から持ち帰った桐箱を金庫の上段に入れると、一番下の段から全く同じ形状の桐箱を取り出した。それをベッドの上に置き、金庫の扉を閉める。

紐をほどき、桐箱の蓋を開けると、津久見は中から仏像を取り出した。吉田に見せたものと瓜二つの円空仏。贋作だ。よくよく見なければ、玄人《くろうと》でも区別がつかないほどよくできている。贋作者については何も知らないが、見事な腕前だ。

まず本物を持って行ってコレクター自らの手で鑑定させ、いったん持ち帰って偽物とすり替える。この方法で、津久見は過去にも三体、円空仏の贋作を売りさばいていた。

――今度も大成功や。

ベッドで大の字になると、津久見は声を上げて笑った。

その夜――。津久見は吉田に連絡を取り、五百万で円空仏を売ることを伝えた。

5

約束通り、吉田は、現金で五百万円用意して待っていた。

桐箱を開けて仏像を確認すると、銀行名入りの分厚い封筒を差し出す。

笑顔で握手を交わし、背を向けて歩き出したとき――、

「片山、という仏師をご存じありませんか？」

唐突に吉田が訊いた。

「は？」

振り返り、ソファで悠然と足を組んでいる吉田を見下ろす。

「とても腕のいい仏師だったのですが、不祥事を起こして仏所を追い出され、それ以来行方がわからないのです。何かご存じありませんか？」

「いえ」

津久見は首を振った。そんな仏師のことなど聞いたことはない。

「その片山という仏師は、いったいどういう――」

「いや。知らなければいいんです」

口許に薄笑いを浮かべながら、吉田が軽く手を上げる。

訝《いぶか》しい思いのまま頭を下げると、津久見は前に向き直った。吉田の態度は気になったが、もう金は手に入った。長居は無用だ。

津久見は、いったん自宅マンションに戻った。金庫から本物の円空仏を取り出し、かわりに、帯封が巻かれた百万円の束を二つ中に入れる。雇い主とは、三百万円以上で売れたら、あとは津久見の取り分になるという契約を交わしていた。

桐箱と、残りの金が入った封筒をバッグに入れ、夜になるのを待ってマンションを出た。今度向かったのは寺町通だ。すでに夜八時を過ぎており、飲食店以外の店はシャッターを閉ざしている。

コインパーキングに車を停め、バッグを抱えて寺町通を進む。光文堂の玄関にも、すでにシャッターが下ろされていた。裏手に回り、頑丈そうな鉄のドアの前に立つ。

壁に付いているチャイムボタンを押すと、ほどなくドアが開いた。いつもの仏頂面で滝口が出迎えてくれる。

「うまくいきましたか？」

応接室に招じ入れながらたずねる。

「はい。なんの問題もなく、すんなりと」

バッグを開けると、津久見は、まず金の入った封筒を渡した。中身を確認した滝口が、それを無造作にテーブルの上に置く。

次に、本物の円空仏が入った桐箱をテーブルに載せると、

「ひとつ、うかがってもよろしいでしょうか」

津久見は、正面に座っている滝口に声をかけた。

ホテルで最後に吉田が口にした仏師のことが、やはり気になっていた。滝口なら何か知っているかもしれない。

「片山、という仏師のことをご存じありませんか？」

滝口の顔色が一瞬にして変わるのがわかった。

「どこでその名前を」

硬い声で訊き返す。

「いや、実は――」

嫌な予感がした。最後に見た吉田の薄笑いが脳裏を過《よぎ》る。

「今日、仏像を売った吉田という社長から、その男のことを知らないかとたずねられまして……」

滝口は顔をしかめた。視線を桐箱に向けたかと思うと、手袋を嵌めることなく紐に手をかけて解く。

蓋を開け、中の円空仏に目を落とす。

次の瞬間、その眉間《みけん》に険しい皺《しわ》が寄った。

「どうしました？」

滝口の表情が見る間に歪《ゆが》んでいく。

「これは、偽物や」

「はあ!?」

思わず素《す》っ頓狂《とんきょう》な声が出た。

円空仏に顔を近づける。しかし、区別がつかない。それほどこの贋作はよくできている。

「そんな……」

頭の中は嵐のように混乱した。そんなはずはないと思った。

最初に吉田のところに持って行ったのは、間違いなく本物の円空仏だった。吉田は自分で骨董屋に鑑定を依頼し、本物だと確認を取っている。そのあと津久見が自宅に持って帰って金庫に入れ、贋作を取り出した。そして今日、贋作を持って再び吉田に会いに行き、金を受け取った。

――いったい、どこで二つがすり替わったというのだ。

「そんなアホなこと……、私はちゃんとやりました。これが偽物やなんて――」

必死で弁解を始めたとき、スーツのポケットでスマホが着信音を鳴らした。出るべきか電源を切るべきか迷いながら取り出し、画面を見る。

悠矢からだった。

「すみません」

滝口に断わり、スマホを耳にあてる。

「悠矢くん、ちょっと訊きたいことがあるんやけど」

〈僕もお話ししたいことがあります。今すぐ割烹相原に来てください。滝口さんもごいっしょに〉

「なんやて⁉」

津久見の頬がひきつる。

「なんで俺が滝口さんといっしょにいるのを知ってるんや！」

〈仲間が見張ってたんです〉

「仲間――？」

身体から血の気が引いた。

「いったいお前、何者や！」

スマホを持つ手が震えた。罠にかけられたのだ、と悟った。

正面の滝口に目を向ける。眉が吊り上がり、頬が紅潮している。

〈すぐに来てください。みんな揃ってますから〉

「みんなやと！　それはいったい――」

そこでいきなり電話は切れた。

会話の内容を伝えると、滝口は無言で立ち上がった。大股でドアに向かう。

そのあとを、津久見は慌てて追った。

6

入り口に暖簾《のれん》は出ていなかった。それでも、店内には明かりが灯《とも》っている。

ガラガラと大きな音を立てて、滝口が戸を引き開ける。一歩遅れて店内に入った津久見は、思わず「あっ！」と声を上げた。

カウンター席には三人が座っていた。一番手前から、吉田一成、女性秘書、悠矢。相原は、カウンターの内側で腕組みをして立っている。

「あんたら、いったい何者や」

唖然《あぜん》としながら津久見がカウンター席を見回すと、吉田一成を名乗っていた男が頬を弛めた。

「私は、そこの劇団の、脚本家兼、演出家兼、役者をやってる、田代《たしろ》といいます」

――劇団？

確かに、すぐ近くに劇団の事務所がある。

「私はこの店の常連でね。相原さんとも仲良しなんです。それで、今回のことに一枚かませてもらったってわけです。原作は相原さん、脚本と演出は私という感じです」

「なかなか出来のいい原作やったやろ？」

カウンターの向こうで、相原が胸を張る。

愕然《がくぜん》としながら立ち尽くしている津久見に向かって、田代は顔を突き出した。

「実は、あなたとは、この前ここで会ってるんですよ。もっとも、普段は髪も髭も伸ばして、夜でもサングラスかけて、薄汚い格好してるからね。わからんかったやろうとは思うけど」

津久見は、まじまじと男の顔を見つめた。そして、思い出した。

あのときは、白髪交じりのもじゃもじゃ頭に無精髭を伸ばし、サングラスをかけ、毛玉の浮いたセーターとデニムを身に着けてサンダルをひっかけていた。今は、髪は短く黒く染まり、七三に分け目が入っている。髭もなく、着ているのは高級そうなスーツだ。

「僕たちも劇団員です」

金髪男が言った。秘書役の女が微笑みながらうなずく。

「いや、しかし……、『東海カントリーグループ』って会社は、実在してるはずや」

「二年前まで、俺は、その会社が経営してるホテルで料理長をやっとったんや」

相原が答える。

「実在の企業やないと疑われるからな。勝手に名前を使わせてもらった」

「最初から、俺を嵌めるつもりやったんか」

冷や汗が背筋をつたって流れ落ちた。

「俺がいつ店に来るか、どうしてわかったんや。あの九谷の花瓶はいったいどうやって手に入れた」

「あんたが店にいつ現われるかなんて、もちろんわからんよ。けど、だいたい一週間に一度は来てたやろ。せやから、あんたが来るまで彼には劇団の事務所で待機してもらってたんや。九谷の花瓶は借りもんや」

「待機してたんは三日間だけです」

　金髪男が割り込んだ。

「その間はちゃんと日当払ってもらってるんで、もっと待たされてもよかったんですけどね」

「私は毎晩、ここに来てました」

　田代が言った。

「それであの日、他の客がいなくなってから、彼に連絡したんです」

　そういえば、田代は、客が自分たちふたりだけになったあと、携帯をいじっていた。あれはメールを送っていたのか。

　全身から力が抜けた。完璧に罠にかけられていたのだ。

「ここから先は、二人で話そう」

　相原が滝口を見る。

カウンター席の三人は、椅子を引いて立ち上がった。一列になって入り口に向かう。

「あんたも、出てください」

相原に真っ直ぐ視線を向けたまま、滝口は津久見に命じた。

「私は、いったいどうしたら……」

「改めて連絡します。今日は帰ってください」

冷静な口調で滝口が告げる。

うなだれ、肩を落とすと、津久見は、鉛のように重いため息をつきながら店を出た。

7

「まあ、座ったらどうや」

二人きりになると、相原は、カウンターの真ん中を指さした。女性の劇団員が、さっきまで座っていた席だ。

無言のまま歩み寄り、腰を下ろす。

すると——、

「もうええぞ」

相原は、店の奥に向かって声をかけた。

トントントン――、と足音が響き、女性が姿を現わす。

――加奈……。

思わず強く唇を嚙んだ。膝の上に置いた両手が震える。

「仕組んだんは、やっぱりお前か」

「そうや」

加奈が目の前に立つ。

「あなたにこれ以上贋作を作らせるわけにはいかへんねん」

滝口正隆は、ゆっくりと目を閉じ、両手で顔を覆った。

＊

加奈と結婚して正隆が滝口姓を名乗るようになったのは、大原で暮らし始めて三年後、今から七年前のことだった。

その日の午後、大原の工房にいた正隆は、加奈から電話で急な呼び出しを受けた。何かよくないことが起きたのだとわかった。

すぐに寺町に向かい、裏口から光文堂に入る。

加奈のあとについて応接室のドアをくぐった正隆は、あまりの驚きに目を剝いた。中央に置かれたテーブルを挟んで、滝口と着物姿の老人が向かい合って座っていたのだが、そのテーブルの上に、自分が彫った円空仏の贋作が載っていたのだ。

振り返った老人の顔を見て、正隆は息を呑んだ。

その老人は、仏所から追われた正隆が、最初に自分の阿弥陀如来像を持ち込んだ古美術商だった。安村《やすむら》というその古美術商は、正隆の顔を見ると、久し振りやな、と声をかけた。安村の正面に座る滝口は、眉間に皺を寄せ、唇を真一文字に結んで腕を組んでいる。

正隆がソファに腰を下ろすと、加奈が重い口を開いた。

安村は先日、舞鶴在住の亡くなったコレクターの家族から、故人のコレクションの処分を依頼された。故人と安村は古い知り合いだったという。

その家で、安村は、円空仏の贋作を見つけた。

安村は驚いた。それが、一年ほど前、亡くなったコレクターから頼まれて鑑定した円空仏と、そっくりな贋作だったからだ。鑑定したときには本物だったのに、いつの間にか偽物とすり替えられていたということだ。知らぬ間に自分が詐欺の片棒を担がされていたことに、安村は気づいた。

加奈によると、安村は、骨董の世界では珍しいといってもいいぐらい、しごく真っ当な人間だという。だから、贋作とわかっていながらそれを買い取った。そして、出所を調べ始めた。

円空仏を売りに来た男の顔を家族が覚えていたこともあって、その男が、光文堂が自分の手足として使っていた津久見だとわかるまで、それほど時間はかからなかった。滝口は以前から、自分の名前は出さずに、贋作を津久見に売りさばかせていたのだ。

円空仏の贋作も、光文堂が作らせたものだと安村は確信した。そして、誰がそれを作ったのかもすぐに見当がついた。

――やっぱり、あんたやったんやな。

正隆の顔を見ながら、安村は、得心したようにうなずいた。

正隆が阿弥陀如来像を持ち込んだとき、安村は、その出来栄えに感心しながらも、これはこんなところで叩き売りのようにして売買されるべき品ではない、と言って買い取りを断わったのだった。

安村の店を出て、正隆が次に向かったのが光文堂だった。

――すぐに引退せえ。

滝口に向かって、安村は命じた。そして、そうすれば、この件を表ざたにすることはしないと約束した。

押し黙ったままの滝口に代わり、加奈は安村の前で土下座した。

――安村さんが持っている贋作は、こちらで買い取らせていただき、すぐに燃やします。二度と贋作には手を出しません。父には引退してもらいます。しかし、五代続いたこの店を今潰すわけにはいきません。加奈は額を床にこすりつけた。そして、自分と正隆は付き合っており、結婚して二人でこの店を継ぎたい、と続けた。

初めて聞く話に、父親である滝口は啞然としていた。

正隆も加奈と並んで床に膝をつき、滝口と安村に向かって頭を下げた。

＊

「あなたがまた贋作を作ったんが、店のためやってことはわかってる」

正隆の隣に座った加奈が、苦渋の表情で言った。

ここ数年、店の経営はうまくいっていなかった。先代は一年前に鬼籍に入っていたが、その頃から危機的な状況に陥っていた。

先代のあとを追うようにして、数ヶ月前に安村が亡くなると、正隆は再び贋作作りを始め、関係を絶っていた津久見を呼び戻した。津久見は、正隆の正体は知らなかった。先代がどこからか連れてきた養子だと思っていたはずだ。

全ては、光文堂を存続させるためだった。土下座までした加奈のために、店を潰すわけにはいかなかった。

「安村さんが亡くなりはってからずっとあなたの様子がおかしかったんで、うち、胸騒ぎがして……、津久見がこの店によく出入りしてるのは知ってたから――」

「それで、相原さんに相談したのか？」

加奈がうなずく。

「この店にいると、裏情報がいろいろと聞こえてくるんや」

相原が引き取った。

「津久見が、金持ちの仏像コレクターを探しているらしいって噂は、ちょっと前から耳に入ってた」

「そのことを相原さんから聞いて、津久見が前と同じ方法で、円空仏の贋作を売りさばこうとしてるのかもしれへんて思たんや」

相原と加奈は、この街で生まれ育った幼馴染だ。そのことは正隆も知っていた。加奈と二人でこの店に来たことも、何度かある。

津久見が、割烹相原でカモを見つけたと報告してきたとき、少しだけ嫌な予感はした。しかし、光文堂を潰さないためには至急まとまった金が必要だった。それに、二年前寺町に戻ったばかりの相原は、津久見の正体は知らないはずだ。問題は起きないだろうと思った。

「正面からあんたや津久見に当たっても、しらばっくれられたら終わりや。けど、急がんとまた贋作が世に出てしまう」

相原が小さく息をつく。

「せやから、一計を案じた。詐欺には詐欺をや。津久見は見事に引っかかってくれた」

「まさか、相原さんがこんなこと思いつくなんて考えもしいひんかったけど……」

「料理も演劇もエンターテインメントやからな。どっちもセンスのよさがモノを言うんや」

相原は澄まし顔だ。

しかし――、と正隆は思った。今度のトリックを成立させるためには、贋作が二つ必要だったはずだ。

ホテルで津久見が最初に差し出したのは本物の円空仏だ。だが、その翌日、津久見が再びホテルに行ったとき返されたのは、あらかじめ用意されていた贋作だったということになる。

――考えられることは、ただひとつ。

「安村さんが持っていた贋作は、お前が買い取って燃やしたんやなかったのか？」

「燃やすなんてうちにはできひんかった。贋作やけど、見事な出来やったから。せやから、父にもあなたにも隠して、うちがずっと持ってたんや。あれは、うちの宝物やってん」

加奈は、真っ直ぐ正隆を見つめた。

「安村さんの前でうちは、店を潰すわけにはいかへんねん、て言うたけど……、贋作を売らないと続けることができひんのやったら、店を開けてる意味なんてあらへん。あなたささえよければ、二人で大原に住んで、贋作やなくて、あなた自身の仏像を作ってほしいねん。ギャンブル依存症はもう治ったんやから、奈良の仏所に行って、改めてちゃんとあやまって、もう一度やり直すのもええかもしれへん。うちは、本気でそう思てる」

初めて二人は見つめ合った。加奈の唇は震えている。

「だめや」

苦い表情で、正隆は首を振った。

「俺は贋作に手を染めた。円空仏だけやない。俺が彫った偽物は、いくつも世の中に出回ってる。そんな俺が仏師に戻ることなんて――」

「心の底から反省して、心を入れ替えるっていうんなら、仏さんは許してくれるんと違うか。それが仏の道ってもんやろ？」

「うちもそう思う」

相原の言葉に加奈は同意した。

「それに、あなたを贋作の世界に引きずり込んだのはうちの父やし、それを止められへんかったうちにも責任がある。せやから、罪を償わないといけないのやとしたら、それはあなたやなくて、うちのほうや」

正隆は小さく首を振った。加奈に罪はない。

贋作者になることを承諾したのは正隆自身なのだ。そして、偽物の古美術品を作り続け、稼いだ金は全てギャンブルにつぎ込んだ。ひどい暮らしだった。

そんな自分を、加奈は救ってくれた。

——加奈がいなければ、俺はとっくにどこかでのたれ死んでいた。

「本物の円空仏は、俺が預かっておいてやるよ」

相原の言葉に、正隆は顔を上げた。

「贋作で汚されちまった仏さんやからな。あんたが禊《みそぎ》を済ませて本物の仏師に戻れたら、そのときに返してやる。ただし、俺が払った五百万はすぐに返してもらうよ。それから、劇団員に払うギャラやら、ホテル代やらの経費がかかってるからな。その分は別途請求する」

「嘘やろ」

「俺は、あんたら骨董屋と違って料理人やからな。嘘はつかん」

正隆と加奈が顔を見合わせ、苦笑を交わす。

「二人の前途に、乾杯でもしよか。ここは俺のおごりで」

相原は、カウンターの上にぐい呑みを三つ並べた。

そして、やさしく微笑みながらそこに酒を満たした。

エピローグ

この道を行くのは、ほぼ十年振りだった。

街を通り抜けてから三十分ほど。加奈が運転する車は、どんどん山奥に入っていく。

杉木立の隙間を縫うようにして延びる未舗装の道を進むと、突き当たりに板塀が見えてきた。

助手席に首を捻《ひね》り、加奈が微笑む。緊張に強張《こわば》った顔で正隆がうなずく。

板塀の内側に車を乗り入れる。正面には、平屋建ての大きな建物が見える。仏像制作の工房だ。十年前と何も変わっていない。

駐車用に作られた広いスペースには、ワゴン車が三台停まっていた。その横に車を入れ、外に出る。

房主宛てには、すでに長い手紙を出していた。この十年で自分の身に起きたことを、包み隠さず全て書いた。その上で――、
もう一度仏所に戻りたい。下働きからでいい。そして、もし許されるのなら、もう一

度仏像を彫りたい。

そう記した。

正隆の許には、『とにかく一度顔を見せに来なさい』とだけ書かれた返信が届いていた。

再び仏師に戻れるかどうかはわからない。戻っていいものかどうかもわからない。でも、この場所からもう一度始めたいと思った。

建物の玄関ドアが開き、中から老いた男が姿を現わした。房主だ。

その姿を見た途端、身体が震え、涙が溢れ出した。

正隆の背中に、加奈はそっと手をあてた。

おじいちゃんを探せ

おじいちゃんには秘密がある。

それを知ったのは、大学一年生の冬休み。実家で正月を迎えるために、大阪から松本に帰省したときのことだ。実家といっても、市の外れにある3LDKのマンションなんだけど。

1

年が明けて、正月三日――。

地元のスーパーで店長をしているため、お父さんに正月休みというものはない。この日も、帰宅したのは夜十一時近かった。

ひとことふたこと言葉を交わすと、私は両親におやすみを言った。お父さんは何か話したそうにしていたが、軽くスルーする。中高生のときほど毛嫌いしてはいないものの、いまだにお父さんと会話しようという気になれない。ありきたりのことしか言わないから面白くないし、話が続かないし、仕事で疲れ切った顔を見ているだけで気が滅入る。

というわけで、自分の部屋でミステリーの新刊本でも読もうと思った。ちなみに、私はミステリー小説と料理、それに食べ歩きが趣味なのである。

　しかし、部屋に入ってすぐ、眼鏡をリビングに忘れてきたことに気づいた。出かけるときは使い捨てのコンタクトをするのだが、家の中では基本的に眼鏡なのだ。コンタクトは風呂に入るとき外してしまったので、眼鏡がないと本が読めない。

閉めたばかりのドアを開け、廊下を引き返そうとしたとき——、開けっ放しのリビングのドアを通して、お母さんの声が聞こえてきた。

「今日、おばあちゃんのとこで、あの人の年賀状見たわ」

声の調子にどこか嫌悪がこもっている。

——「あの人」って誰だ？

私は廊下で立ち止まった。

「あの人って——」

「私の父さんよ」

お父さんの質問に、苛立《いらだ》った様子でお母さんが答える。

お母さんのお父さん、ということは、私にとってはおじいちゃんということだ。

おばあちゃんとおじいちゃんは、私がまだ生まれる前に離婚したと聞いていた。それまで住んでいた浦和から、おばあちゃんの実家がある松本に引っ越してきたのも、離婚がきっかけらしい。ちょうど転職を考えていたお父さんが、おばあちゃんの親戚のツテでこっちのスーパーへの就職が決まり、うちもくっついてこっちに引っ越してきたのだという。今、おばあちゃんは、自分の実家である市内の一軒家に、ひとりで暮らしている。

私は、おじいちゃんに会ったことはない。写真も見たことがない。

――離婚の原因は、確かおじいちゃんの浮気だったはずだけど……。

「おばあちゃん、私に隠して、もう何年も年賀状やり取りしてたみたいなのよ。年賀状以外には、連絡は取り合ってないって言ってたけどね……。今、京都に住んでるみたいよ」

そこでお母さんは、大きなため息をついた。

私が部屋に引っ込んでから話を始めたということは、おじいちゃんの話題は私の前ではご法度になっているということだ。

――これは興味深い。

私は息をひそめ、耳を澄ました。

「京都で何してるんだ」

恐る恐る、といった感じでお父さんが口を挟んだ。

「仕事のことはわからない。でも、上賀茂《かみがも》神社の手づくり市でキッシュを売り始めたって書いてあった。まだ料理は作ってるみたい」

キッシュ、と聞いて、胸がトクンと一度跳ねた。

キッシュは私の大好物だ。しかも、おばあちゃんの作るキッシュは、店で食べるものとはひと味違う。何か隠し味を使っているはずなのだが、何度訊いてもおばあちゃんは教えてくれない。お前も料理好きなら自分で考えてみなさい――。にこにこしながらそう繰り返すばかりなのだ。

そういえば、離婚したおじいちゃんはコックだったと聞いたことがある。おばあちゃんのキッシュの秘密はおじいちゃんにあるのかもしれない。

それにしても、どうしてお母さんは、おじいちゃんを「あの人」なんて呼ぶのだろう。たとえおばあちゃんと離婚しているとはいえ、血の繋がった親子なのに。

ミステリーと料理好きの血が騒いだ。忍者のように気配を殺したまま、私は、お母さんの次の言葉を待った。

しかし、リビングからは、それ以上声は聞こえてこない。

――あれで終わり？

いささか拍子抜けした。「はしごを外《はず》された気分」とは、こういうときに使うのだろうか。ちょっと違うような気もするが。

とにかく、このままでは気が済まない。私は、わざと足音を響かせながら廊下をリビングに向かった。

お母さんはソファに座り、お父さんはダイニングテーブルでお茶漬けが入ったご飯茶碗を手にしていたが、二人とも突然リビングに入ってきた私をぎょっとした顔で見た。

「ねえねえ、私にも教えてよ。おじいちゃんのこと」

あえてお気楽な口調で声をかけたのだが、次の瞬間、お母さんの表情が凍りついた。激しく動揺しているのがわかった。

それを見て、おじいちゃんのことは、私の予想をはるかに超えるアンタッチャブルなネタなのだと気づいた。しかし、引き返すにはもう遅い。

「なんで私に隠すのよ」

「別に……、隠してるわけじゃないわよ」

ひきつったまま固まっていたお母さんの頰が、わずかに動いた。

「だったら、教えてよ」

私はキッチンに行き、冷蔵庫からスポーツドリンクのペットボトルを取り出した。別に喉が渇いているわけではなかったが、ここは多少の間をとったほうがいいと思った。お母さんが落ち着く前に問い詰め、ヒステリーでも起こさせてしまったら、元も子もない。

お父さんは、ご飯茶碗を手にしたままの格好で、困ったような表情をしてお母さんと私を交互に見比べている。元々、八の字眉毛のたれ目で小太りという、気の抜けたパンダのような風貌なのだが、こういう状況になると、さらに頼りなく見える。お母さんの意に逆らって、お父さんが秘密を明かすことは絶対にないだろう。ここはお母さんを攻めるしかない。

スポーツドリンクをグラスに注ぎ、ひとくち飲むと、

「おばあちゃんたち、私がまだ生まれる前に離婚したんでしょう？」

私は、慎重に外堀から埋めていくことにした。

「ええ、そうよ」

ぎこちなくお母さんがうなずく。

「おじいちゃん、洋食屋のコックさんだったのよね」

「ええ」

「女性問題が原因で離婚したのよね」

「そうよ」

「別れたあとは、おじいちゃん、どこで何を――」

「女性問題だけじゃないのよ」

私の言葉を遮ると、お母さんは真っ直ぐこっちを見た。ここに座れ、というように、自分の横をポンポンと叩く。

グラスを持ったまま、私はお母さんの隣に移動した。

お父さんは、ご飯茶碗をそっとテーブルに戻すと、肩をすぼめてうつむいた。

「おじいちゃんはね、浦和にある老舗《しにせ》の洋食店の跡継ぎだったの」

どこか苦しげな顔つきでお母さんは話し始めた。

「おばあちゃんと結婚した頃は、腕のいいコックだって評判だったらしい。でもね、世の中がバブル経済で浮かれるようになって……、一九八〇年代のことだけど。その頃のこと、わかる？」

私はうなずいた。日本の景気が、今では信じられないほどよくて、国民全員が浮かれていた時代だとか。

「おじいちゃんも、バブルに乗っかろうとしたのよ。商売そっちのけで、怪しげな投資話に乗るようになってね。あぶく銭をいっぱい稼いで、毎晩遊び歩いて……、挙句に水商売の若い女と暮らし始めて、家にはほとんど帰って来なくなった。でもね、そんなの、永遠に続くはずはないのよ。バブルが弾けて、おじいちゃんは、今度は借金まみれになった。女にも逃げられて、家も店も取られてしまって……。一文無しになった。

それで、おばあちゃんと私は、小さなアパートで二人で暮らすことになったの。おばあちゃんは知り合いの小料理屋で働いてて、私も大学進学をあきらめて地元の会社に就職した。おじいちゃんはしょぼくれた格好でアパートにやって来てね——、自分が悪かった、もう一度やり直したいって、おばあちゃんと私に頭を下げたわ。でもね、おばあちゃんは許さなかった。何度おじいちゃんが訪ねてきても、絶対に部屋には上げなかった。最後はチェーンを掛けてからドアを細く開けてね、そこから離婚届を突き出した。次の日、ハンコを押した離婚届が郵便受けに入ってた。それきり、おじいちゃんの行方はわからなくなった」

お母さんはそこで眉間《みけん》に指をあて、薄く目を閉じた。

「昔そんなことがあったから、今日、おばあちゃんの家で年賀状を見つけてびっくりして……。でも、それだけのことよ」

「へえ……」

そんな事情なら、自分の父親を「あの人」と呼ぶのもわかるような気が——、しないでもない。

「おばあちゃんが離婚したとき、お母さんたちはまだ結婚してなかったのよね」

「もう付き合ってはいたけどね。同じ会社の同僚だったのよ。おばあちゃんたちの離婚が成立したあとすぐに、私たちは結婚した」

「で、こっちに引っ越してきたの？」

「おばあちゃんが故郷に帰りたいって言い出してね。でも、ひとりで行かせたくなくて……。お父さんにもこっちでちょうどいい就職口があったから、私たちもいっしょに引っ越すことにしたのよ」

「ふうん……」

おじいちゃんのせいで苦労した二人には、他の母子にはない深い絆みたいなものがあったということか。二人の気持ちはわからないでもないが――、転職させられ、いっしょに松本にまで来たお父さんは、本当はどう思っていたのだろう。

私はテーブルに目を向けた。お父さんはうつむいたまま、ご飯茶碗にじっと目を落としている。相変わらず何を考えているのかわからない。

それにしても、それほど恨んでいたおじいちゃんと、おばあちゃんが年賀状のやり取りを始めた理由とはなんだろう。気になる。

さらに質問を続けようとする私を無視するように、お母さんは目を逸らした。その仕草がどことなくぎこちない。

「早く食べちゃってよ。片付かないから」

お父さんに向かって言うと、もう話は終わり、とばかりにお母さんは立ち上がった。

私はひとり、ソファに取り残された。お母さんは、もうこっちを見向きもしない。これ以上訊き出すのは難しそうだ。

でも、私にはわかる。お母さんはまだ何か隠している。

確かに今聞いた話は衝撃的だったけど、どうしても隠しておきたいような内容とは思えない。私が最初におじいちゃんのことを口にしたときの、お母さんの動揺の仕方は尋常ではなかった。絶対に、まだ何かある。

ミステリー好きの血がさらに騒いだ。

――おじいちゃんの秘密、全て暴かずにおくものか。

上辺はポーカーフェイスを装いながら、心の中で私は、不敵な笑みを浮かべた。

2

おばあちゃんの作るキッシュは、やっぱり特別だ。

今日の具材は、じゃがいも、玉ねぎ、ベーコン。ちょっとだけ入っているローズマリーがほのかに香り、味のバランスも絶妙。最高においしい。

「これ、おじいちゃんの味なんでしょ？」

キッシュを頬張りながら、私はたずねた。

「美由紀《みゆき》から聞いたんだってね」

おばあちゃんが小さくため息をつく。

美由紀はお母さんの名前だ。一昨日の夜のことを、お母さんがおばあちゃんに連絡するのはわかっていた。ここまでは想定の範囲内だ。

「いつから年賀状のやり取りしてるの？」

ほんの世間話、という程度のノリで訊く。

「この三、四年かな」

「最初はどっちから？」

「それは……、向こうから……」

「おじいちゃん、どうして突然年賀状なんか？　別れたの、ずいぶん前でしょ？」

「さあね」

おばあちゃんは、ちらと首を傾げた。

「美由紀のこととか、沙和《さわ》ちゃんのこととか、憲和《のりかず》さんの仕事のこととか……、いろいろ気になったんじゃないかね」

沙和は私、憲和はお父さんの名前だ。

「ここの住所はあの人も知ってたから、急に思いついて、年賀状を書いてみたのかもしれないね」

「おばあちゃんは、なんで返事を出したの？」

「だって……、別れたからって、美由紀は血の繋がったあの人の子どもだからね。沙和ちゃんのことも気になるだろうし……。美由紀は絶対に会わないって言ってるから、それなら私が近況だけでも教えてあげようかって、そう思ってね。年に一度だけのことだから」

「でも、恨んでたんでしょ、おじいちゃんのこと。おじいちゃんがあやまっても、おばあちゃん、絶対に許さなかったって。部屋にも上げてあげなかったって」

「それは……、あのときは、確かに恨んでたね。でも、ちょっと後悔もしたのよ。あんな冷たい仕打ちをしなかったら、あんなことは起きなかったのかもしれないって、そう思ったりもしてね……」

「あんなこと――、って？」

しまった、というように、おばあちゃんは顔をしかめた。

やっぱりまだ何か隠していることがあるのだ。でも、正面から問い質《ただ》しても、絶対に答えは返ってこないだろう。

「ねえ、おじいちゃんの写真て、ない？」

私は話題を変えた。

今日、お母さんがドラッグストアのパートに出かけたあと、家中のアルバムをひっくり返してみたのだが、おじいちゃんらしい人物が写った写真は一枚も見つからなかった。

「写真はね、私と美由紀が全部剝がして捨てちゃったのよ」

「うそ……」

さすがにこれには驚いた。

「あの当時は、顔を見るのも嫌だったの。本当に恨んでたから」

でも、今では年賀状をやり取りできるまで気持ちは静まっているということか。そんなことがあるだろうか。

私がじっと見つめると、おばあちゃんはぎこちなく目を逸らした。さすが親子だ。ごまかそうとするときの仕草がお母さんと似ている。


今日は夕方から絵画教室の仲間と新年会があるというので、おばあちゃんといっしょに家を出た。この飲み会のことは、実は事前に知っていた。だから今日、訪ねることにしたのだ。

おばあちゃんがバスに乗り込むまでを見届けると、私は踵《きびす》を返した。今来た道を足早に引き返す。

今朝、お母さんのキーホルダーからおばあちゃんの家の合鍵を外し、そのかわりに私のマンションの部屋の鍵を付けておいた。ラッキーなことに鍵の形が似ていたし、めったに使うものでもないから、数さえそろっていれば気づかれることはないだろうと思った。帰ったら、お母さんが風呂に入っているときにでも元に戻しておけばいい。

錆の浮き出た門扉を開け、両側に雑多な植物が生い茂る短いアプローチを進んで、築四十年以上という平屋の玄関に向かう。

おばあちゃんの両親は十年ほど前に相次いで亡くなり、二人の弟は東京と山形でそれぞれ家庭を持っている。盆も正月もめったに帰省することはないから、これまで私は、数えるほどしか会ったことがない。近くに住んでいればおじいちゃんのことを訊きに行けるのだが、明日には大阪に戻らないといけない自分にそんな暇はない。残された方法は強行捜査しかない。

合鍵でドアを開け、無人の家にすべり込む。さすがに後ろめたさが胸に湧く。ドキドキしながら、さっきまでいたリビングに入る。

どこに何がしまってあるかは、だいたいわかっていた。壁際に置かれた古いサイドボードの前にしゃがむと、私は下の引き出しを開けた。手紙やハガキが積み重ねられている。

今年届いた年賀状は、一番上に輪ゴムで束ねてあった。それほどの数はない。一枚一枚見ていく。

しかし、おじいちゃんらしき人物からの年賀状はない。

――どこにあるんだろう。

輪ゴムを巻いて元に戻すと、私は考えた。ふと思いつき、いったんリビングを出ると、廊下の右手奥にある襖を開けた。おばあちゃんの寝室だ。八畳の和室に、ベッドと箪笥、それに年代ものの文机《ふづくえ》が置いてある。

私は、今度は、文机の引き出しを開けた。

――あった。

ハガキが数枚、重ねてあった。四枚は年賀状、一枚は普通ハガキだ。どれにも、表に『小島厚子《こじまあつこ》』というおばあちゃんの名前が、筆ペンで大きく書かれている。

今年の年賀状をひっくり返す。印刷された年賀の挨拶の横に、手書きで短い文章が書き加えられている。

『去年から上賀茂神社の手づくり市でキッシュを売るようになりました。元気でやっています。』

お母さんが話していたのと同じ内容だ。

最後に記されている差出人の住所は、これもお母さんが話していた通り京都市内のマンションだった。差出人は『吉野智信《よしのとものぶ》』。私はおじいちゃんの名前を初めて知った。

おばあちゃんは、おじいちゃんから届いたハガキだけを別にしてあるのだ。おじいちゃんは別格ということだ。

最初に届いた、三年前の年賀状を見てみる。

『突然年賀状など出してすみません。そちらのことが気になります。短い近況だけでいいです。教えてもらえないでしょうか。』

このときの差出人の住所は、さいたま市になっている。

その年の四月――。今度は年賀状ではなく、転居を知らせるハガキが届いている。

おじいちゃんが送った年賀状に対して、おばあちゃんが返事を出したのだろう。それは、『お返事いただけるとは思っていませんでした。ありがとうございます。』という文章で始まっていた。

『突然ですが、料理の修業をしていた若い頃の友人を頼って京都に来ました。もしできるなら、郵便は次からはこちらの住所にお願いします。年賀状の家族の写真は、毎日見ています。』

うちは、年賀状には毎年家族写真を使っている。おばあちゃんもそれを送ったのだろう。

『京都での生活にもだいぶ慣れてきました。元気でやっています。みなさんの今年一年のご多幸をお祈りしています。』

それが二年前の年賀状だった。

そして、去年――。

『今年は沙和ちゃんが大学受験ですね。合格できるよう祈っています。』

自分の名前が出てきて、少しびっくりした。まあ、しかし、実の孫なのだから、驚くようなことではない。

私は、持っていたデイパックからメモ用紙とペンを取り出し、住所と名前を控えた。

大阪から京都など一時間もかからない。一月後半から履修科目の試験が始まるので、それまでは勉強に集中しなければならないが、二月になると入学試験で大学は休みになる。

そのとき直接訪ねてみようと考え始めていた。

不思議なのだが、おじいちゃんの存在を意識し始めてから、「おじいちゃんを探せ」と囁《ささや》く声が頭の奥底で聞こえ始めていた。それは何かとても重要なことに思えた。

ハガキを元に戻すと、私はリビングに引き返した。

棚から数冊のアルバムを引き出し、最初から順に見ていく。もしかしたら一枚ぐらい、おじいちゃんの写真が残っているかもしれない。

古いアルバムには、剝がされた跡が点在していた。おじいちゃんの記録は、見事に消し去られていた。その徹底ぶりには、感服するしかない。

アルバムを元通り棚に戻すと、私はおばあちゃんの家を出た。

3

二月に入り、入試が始まって大学が休みになると、私は計画通り京都に向かった。

京阪電車で出町柳《でまちやなぎ》に出て、叡山《えいざん》電鉄に乗り換える。車体にアニメが描かれた二両編成の可愛らしい路面電車は、「五山の送り火」で有名な大文字山を右手に見ながら住宅地の中をゆっくり走り、わずか七分ほどで目的の修学院《しゅうがくいん》駅に到着した。時刻は午前十一時を回ったところだ。

おじいちゃんが住んでいるマンションは、駅から歩いて五分ほど。京都市内を南北に延びる白川通沿いにある。スマホの画面を見ながら北山通を東に向かい、白川通に出て、今度は北に向かう。右手前方には、山頂が冠雪した比叡山が、その雄々しい姿を見せている。雪こそ舞っていないが、やたらに底冷えがする。松本育ちで寒さには慣れているつもりだったが、京都の冬は噂通りなかなか厳しい。コートの襟を重ね合わせ、肩をすぼめて足早に歩く。

左手に、大きなマンションが見えてきた。壁面に大きく名前が書かれている。あそこで間違いない。

鼓動が速くなった。さすがに緊張する。

おじいちゃんはひとりで暮らしているのか、あるいは新しい家族といっしょなのか、インターホンを押してみるまでわからない。私は歓迎されるのか、追い返されるのか、それもわからない。

――当たって砕けろだ。

大きく一度深呼吸し、腹に力を込めると、マンションのエントランスに入った。

オートロックのガラスドアの右側に、郵便受けが並んでいる。おじいちゃんのハガキに書いてあったのはマンション名までで、何故か部屋番号はなかった。各部屋の郵便受けに貼られたネームプレートで調べるしかない。

最上階の五階から順に見ていく。「佐藤《さとう》」「田中《たなか》」「岩崎《いわさき》」「佐野《さの》」――。全部のネームプレートに名前が出ているわけではない。半分ぐらいのプレートには何も書かれていない。空き部屋の場合もあるだろうが、名前を出すのを嫌がる住人もいる。「尾崎《おざき》」「井《い》尻《じり》」「村田《むらた》」「宮崎《みやざき》」――。

――「吉野」はない。

おじいちゃんは、名前を出していないようだ。

この状況も、実は想定していた。とりあえず、取るべき手段はひとつ。

私は、郵便受けの横にあるインターホンに目を向けた。当然のことながら、そこには管理人室の呼出し番号が記されている。

インターホンの下に並んだ番号ボタンを押し、応答を待つ。

〈はい〉

ほどなく、男の声が応えた。

「あの、私、吉野智信さんを訪ねてきたんですけど、お部屋の番号がわからなくて……、何号室でしょうか」

〈吉野さん……〉

管理人の声が翳《かげ》ったような気がした。

〈あなたは、どちらさまですか？〉

「私、吉野の孫なんですけど」

正直に言った。別に後ろめたいことがあるわけではない。

インターホンはしばらく沈黙していたが、

「あの――」

もう一度声をかけたとき、目の前のガラスドアがゆっくりと左右に開いた。

中に入ると、右手にカウンターがあった。その横のドアから、キャップに作業着姿の初老の管理人が姿を現わす。

「こんにちは」

歩み寄り、頭を下げると、

「吉野さんの、お孫さん？」

目を細めて私をじっと見つめながら、管理人が訊いた。

「はい。あの……、岡崎《おかざき》沙和と申します」

「吉野さんは、もう引っ越されましたけど」

「え――？」

これは想定外だった。今年の年賀状の住所は、確かにここだった。

「いつ引っ越されたんですか？」

「先月末――、ですかね」

そんなばかな、と思った。だったら、年賀状にも引っ越しすることが書いてなければおかしいではないか。あるいは、何か事情があって急に引っ越さなければいけなかったのか。

そのとき、不意に思い当たった。

――もしかしたら、突然の引っ越しは、私がおじいちゃんのことを知ってしまったからかもしれない。

私の性格はお母さんが一番よく知っている。私が一計を案じておじいちゃんの居所を突き止め、ひとりでここを訪ねることぐらい推測できるだろう。

お母さんはそれを恐れた。だから、おじいちゃんに連絡を取って、すぐに引っ越すよう指示を出した。もしそこまでして私に会わせたくないのだとしたら、おじいちゃんが持つ秘密は、何かとんでもないものだ。

「大丈夫ですか?」

管理人に声をかけられ、私は我に返った。

「あ、すいません」

慌てて顔を上げる。

「あの……、引っ越し先とか、わからないでしょうか」

「わかりませんねえ」

管理人が首を振る。

「それに、そういうのは個人情報なんで……」

「ああ、そうですね」

管理会社や引っ越しの業者を調べて問い合わせても、恐らく教えてはもらえないだろう。それに、私が本当に孫だったら、おじいちゃんの引っ越し先がわからないはずはないのだ。本当の孫なんだけど。

管理人は観察するようにじっとこっちを見ている。どうやら、怪しい人物だと思われ始めているようだ。

「あの、ひとつだけ」

私は、拝むように手を合わせた。

「吉野さんには、ご家族がいらっしゃったんでしょうか」

管理人は顔をしかめた。険しい表情で私を見ながら、

「それも個人情報ですので」

突き放すような口調で答える。

どうやら完全に警戒されてしまったらしい。ここはあきらめて引き下がるしかない。

お礼を言ってマンションを出た。

歩道を歩いていると、ぞくぞくする寒気が背筋を這い上がってくるのを感じた。寒さ

のせいではない。言いようのない胸騒ぎ、あるいは、恐怖といってもいいかもしれない。

でも、どうして突然そんな感覚が湧いてきたのか、自分でもわからない。

まだ見ぬおじいちゃんの姿が、モンスターのシルエットとなって脳裏に浮かんだ。奥歯を嚙み締めて追い払おうとするが、モンスターは頭から消えてくれない。

おじいちゃん探しは、ここでやめておいたほうがいいのかもしれない、と私は思った。

その夜――。怖い夢を見た。

目の前で誰かがもみ合っている。その映像は、紗《しゃ》がかかったようにぼやけている。

悲鳴が聞こえる。

ドスンドスンという大きな物音。

怒鳴り声、泣き声、叫び声。

そして――。

私は声を上げながら跳び起きた。

思わず両手で顔を触る。

ぬるぬるした液体が顔に降りかかる、生々しい感覚があった。

ベッドから出て部屋の明かりを点《つ》け、座卓に置いた鏡の前に座る。もちろん顔には何もついていない。ボサボサの髪に、いつものファニーフェイスの自分がいるだけだ。

そういえば――、と私は思い出した。幼い頃は、毎晩のように怖い夢を見た。お母さんに連れられて行ったお医者さんで、そのことを話した記憶もある。しかし、成長するにつれて悪夢を見る頻度は減り、中学生になる頃には見ることはなくなった。

夢の内容は全く覚えていない。ただ、顔に何かが降りかかるような感覚は、なんとなく記憶にある。子どもの頃見ていたのは、多分同じ夢だ。

どういうことだろう、と思った。私が見る悪夢とおじいちゃんは、何か関係があるのだろうか。もしかして、おじいちゃんの秘密は、私自身と繋がっていたりするんじゃないだろうか。

今見たばかりの夢が、頭の中で再生され始めた。もみ合う人影、悲鳴、物音、怒鳴り声、泣き声、叫び声。

そして、顔に降りかかる液体――。

鏡の中の自分の顔が、真っ赤に染まって見えた。

小さく悲鳴を上げながら、私は鏡を伏せた。

4

出町柳駅から、上賀茂神社行のバスに乗った。

上賀茂神社の手づくり市は、毎月第四日曜日に開かれる。この日を逃したら、一ヶ月待たなければならない。

バスに乗るまで、行くべきかどうか私は迷った。何本かバスを見送った。

おじいちゃんの秘密を本当に知りたいのかどうか、自分でもわからなくなっていた。知るのが怖かった。それほどまでして家族が私に隠そうとする秘密なら、知らなくていいことなのだとも思う。それに、それまで住んでいたマンションを引き払っているのだから、おじいちゃんはもう手づくり市に来ない可能性のほうが高い。

それでも、結局行くことに決めたのは、自分の中で踏ん切りをつけるためだった。これで会えなければ、もう探す方法はない。そのときは、家族が話してくれるまで自分の中でおじいちゃん問題は封印する。そのつもりだった。


バスは、上賀茂神社前に到着した。

朱塗りの大きな鳥居の前に立つ。ここに来るのは中学の修学旅行以来だったが、周辺の風景には見覚えがあった。

大きな鳥居から北側にある本殿に向かって、百メートル以上はありそうな白砂利の参道が真っ直ぐ延びている。参道の両側には芝生が広がっており、東側に小川が流れている。手づくり市は、その小川の周辺で行なわれているようだ。その辺り一帯に、所狭しと屋台が並んでいるのが見える。商品を置いた台の上には、青や緑、ベージュなど、色とりどりのテントが張られている。

私は鳥居をくぐった。参道を途中まで進んでから芝生を斜めに横切り、小川のほとりに向かう。

端から順に屋台を見ていった。

パン、焼菓子、アクセサリー、食器、衣料品、米、野菜――。屋台では、様々なものが売られている。まだ昼前だが、かなりの人出だ。

小川に架かった小さな橋を渡り、道なりに左手奥に進もうとしたとき、数メートル先にある屋台が目に入った。三角形に切ったキッシュが、ひとつずつ包まれて台の上に並べられている。『ほうれん草とコーン』『人参としめじ』『いろいろキノコ』など、使われている具材の名前が、紙に書いて商品の前に貼り付けてある。

胸の鼓動を抑えながら、ゆっくりとそこに近づく。

屋台の向こう側に置いた小さな椅子に、中年の女性が座っていた。おじいちゃんがいるとばかり思っていたから、少々肩透かしを食わされた感じだった。

この屋台ではないのかもしれない、と最初は考えた。調べたところ、手づくり市には二百五十もの店が出ているという。他でもキッシュを売っている可能性はある。

ただ、私はその屋台に引きつけられた。どうしてかわからないが、これに違いないと思った。

女性が椅子から立ち上がった。

「どれにしましょう」

私に笑顔を向けながら訊く。

「これ、ひとつください」

人参としめじが入ったキッシュを手に取る。ビニール袋に入れようとする女性を、すぐに食べるから、と言って制し、お金を払う。

「ありがとうございました」

朗らかな声で礼を言うと、女性はまた椅子に腰を下ろした。

屋台から数歩離れ、ひと口齧《かじ》る。

次の瞬間、私は思わず手にしているキッシュを見た。おばあちゃんの味とよく似ていた。同じ隠し味が使ってあるのがわかった。

「あの――」

再び屋台に近づき、女性に声をかける。これを作ったのは誰か、その人は今どこにいるのか、たずねるつもりだった。

「はい？」

女性が訝《いぶか》しげな表情でこっちを見上げる。

そのとき――、

「沙和」

背後から名前を呼ばれた。

弾かれたように振り返る。私は息を呑んだ。そこにいたのは、お母さんだった。悲しげな瞳でこっちを見ていた。

「どうして、ここに？」

キッシュを手にしたまま訊く。

「もしかしたら、あなたがここに来るんじゃないかと思って」

「え……、でも――」

今日ここに来ることは、直前まで迷っていた。もし出町柳駅のバス停から引き返していたら、お母さんが松本からここまで来たことは、全くの無駄足になっていたのだ。

「無駄足ならそれでもよかったのよ」

私の心の内を見透かしているかのように、お母さんは続けた。

「お母さんは、どっちかというとそれを願ってたんだけどね……。でも、あなたはここに来た。だから、もうどうしようもない」

「どうしようもない、って……」

「いっしょに来て」

戸惑う私を残して、お母さんが歩き出す。キョトンとした顔で見ている屋台の女性に向かって軽く頭を下げると、私は慌ててお母さんのあとを追った。

5

タクシーの中で、お母さんはほとんど何も話してくれなかった。ただ、ホテルの部屋でおじいちゃんが待っているからとだけ告げた。

「五山の送り火」のとき「法」の火文字が浮かぶ山の前を走り、川のほとりに建つ小ぢんまりとしたホテルの駐車場に入る。

車を降りてもまだ、お母さんは無言だった。足早に玄関をくぐり、フロントカウンターの前を通り過ぎてエレベーターに乗り込む。

三階で降りると、廊下のあちこちにシーツや掃除道具を積んだワゴンが置かれていた。制服を着た清掃人たちが慌ただしく部屋に出入りしている。時刻は、ちょうど正午になろうとしていた。

一番端の部屋の前に進み、お母さんがチャイムボタンを押す。

心臓は、破裂しそうなほど激しく波打っていた。これからいったい何が始まるのか、どんなことが話されるのか、まるで見当がつかない。

ほどなくドアが開いた。その向こうに、おじいちゃんが立っているはずだ。

お母さんの肩越しに部屋の中を覗き込む。

あっ――、と思わず私は声を上げた。ドアを開けた男の顔に、見覚えがあったのだ。

「管理人さん……？」

間違いない。それは、この前訪ねたマンションの管理人だった。

男は黙って頭を下げた。その顔は強張《こわば》っている。

――ああ、そうか。

それで住所に部屋番号が書いてなかったのだ、と私は気づいた。管理人の名前がわかっていれば、郵便物は管理人室に届くはずだ。郵便局には、マンションの管理会社か管理人本人が、名前を伝えているのだろう。

おばあちゃんは、今、七十一歳だが、おじいちゃんは少し若く見える。見かけが若いのか、あるいは年下なのかもしれない。

「とにかく、入って」

お母さんがうながす。

おじいちゃんの横を擦り抜け、私は部屋に入った。

広めのツインだった。お母さんは、窓際のテーブルを指さした。向かい合わせにソファが置かれている。

私とお母さんがソファに腰を下ろすと、おじいちゃんは壁際のデスクの前の椅子を取り上げ、私たちから数メートル離れた場所に座った。

「この前は、名乗れずに申し訳なかった」

まず、おじいちゃんはそう言い、私に向かって頭を下げた。

「私は一生お前に会わないと、美由紀と約束していたから」

「あなたと会ったあとすぐ、この人はおばあちゃんに連絡してきた。あなたが今年のお正月に、おばあちゃんの家で年賀状を見たんだって、そのとき気づいた」

淡々とした口調で、お母さんが説明する。

「私はすぐに、あなたが上賀茂神社の手づくり市にも行くんじゃないかと思った。私は、もう二度と手づくり市とは関わらないように、この人に頼むつもりだった。それが一番いいと思った」

「じゃあ、どうして――」

「お父さんが止めたのよ。時間稼ぎはやめろって。そろそろ全部話してもいい頃だって」

「お父さんが……」

意外だった。何につけ、お父さんはお母さんの言いなりだとばかり思っていた。お母さんに盾突《たてつ》く姿など想像できない。

「だから私は……、もしあなたが手づくり市にも来るようなら……、そこまでしておじいちゃんのことを知りたいって思ってるのなら、全部話すことにする、って約束したのよ」

「なんなのよ、いったい――」

声が震えた。

「そんな賭けみたいなことまでして……。そうまでしてお母さんが私に隠しておきたかったことって、いったい何？」

お母さんは、おじいちゃんに目で合図を送った。ここからはおじいちゃんが話すと、最初から決めてあったのかもしれない。

「落ち着いて聞いてほしい」

おじいちゃんは、掠《かす》れた声で話し始めた。

「昔のことになるが――、バブル景気で世の中が浮かれていたとき、私はひとりの若い女性を好きになった。北海道から上京して新宿で水商売をしてた身寄りのない子で、勤めてた店で知り合ったんだ。私たちは、一ヶ月も経たないうちにマンションを借りて、そこで同棲を始めた。私は彼女が本当に好きだった」

そこで、ごくりと唾を呑み込む。

瞬きするのも忘れて、私はおじいちゃんの顔に目を釘付けにしていた。瞼の下がひくひく痙攣《けいれん》しているのが見えた。

「不景気になって借金で首が回らなくなったとき、彼女は、知り合いだといって、金融会社の社長を紹介してくれた。その人なら、私があちこちから借りている金を自分の会社でひとまとめにして、利子なんかも優遇して対処してくれるからと、そう言った。私は飛びついた。そのときは藁にもすがりたい気分だったんだ。でも、とんだ間違いだった。その金融会社は暴力団のフロント企業でね。彼女は、ちょっと前からその社長と付き合ってたんだよ。

当時、私は洋食店を経営してた。投資で儲けるようになってから自分で厨房に立つことはほとんどなくなってたんだが、腕のいいコックを雇ってね、浦和の本店の他に、東京に二軒新しく店を出した。金融会社は、最初から店が狙いだったんだ。彼女のほうは、金がない私なんかはとっくに見限っててね、私の店の情報を手土産に、社長の愛人になった。私は、店と彼女を奪われたってわけだ。それに——、私は家族にも愛想をつかされた」

私はお母さんを見た。深くうつむき、手のひらを額にあてている。表情はうかがえない。

「私は小さなアパートを借りて、ビルの清掃のアルバイトを始めた。借金はまだ少し残っていて、給料の半分は持っていかれたから、ぎりぎりの生活だった。それが何年か続いた。

ある日――。突然金融会社の社長から呼び出しを受けた。理由はわからなかった。私は、指示されたマンションに向かった。そこに社長が待っているはずだった。

私はそのとき……、ナイフを隠し持って行った。相手を刺して、自分もその場で死ぬつもりだった。何もかも失って、これ以上生きていても意味はないと思ってたから」

冷たい汗が、背筋をつたって流れ落ちた。

おじいちゃんの話はとんでもない方に向かっている。でも、一方で、これは想像していたことかもしれないとも思う。話の内容は、悪夢の正体に向かって進んでいる。

さっきまで、掃除機をかける音や廊下を行き来する足音が聞こえていた。でも、今はおじいちゃんの声しか耳に入ってこない。

耳を塞ぎたかった。でも、できない。

「部屋には、社長の他に、彼女がいた。それから――」

そこで一瞬、おじいちゃんは言葉に詰まった。

「それから――」

振り絞るようにして繰り返すと、

「その部屋には、社長と彼女の他に、四歳のお前がいた」

そう続けた。

私は驚きに目を見開いた。意味がわからなかった。

——私が、その部屋に、いた？

「お前は、私の子なんだ」

涙声で、おじいちゃんは言った。

「お前は、彼女と私との間にできた子なんだよ」

身体が硬直した。息ができない。

私は、ただ愕然《がくぜん》としながらおじいちゃんを見つめるしかなかった。

＊

吉野智信が広いリビングに入ると、壁際に由加子《ゆかこ》がうずくまっているのが目に入った。会うのはほぼ五年振りだった。

散々殴られたのか、顔を腫らし、口から血を流していた。由加子に取りすがるようにして、幼い女の子が泣いていた。

「このアバズレ、俺と付き合うようになってからは、一度もお前とは寝てないと言ってたんだ！」

社長が吐き捨てる。

「妊娠したとき、この女、本当は、俺に隠して始末しようと思ってたのかもしれないがな。ゴミ箱に捨ててあった妊娠検査薬の空箱を俺が見つけちまったのが運の尽きだ。そのときは、この女も、どっちの子なのかわからなかっただろうけどな。俺以外の男の子どもを身ごもったかもしれないなんてわかったら、捨てられると思ったんだろうよ。お腹の子は俺の子だってきっぱり言い切りやがった。俺はそれを信じちまった。そのときは、自分の子どもを持つのも悪くないかもしれないって思ってな。産めって言ったんだよ。

生まれたあとも、俺はそのガキを自分の子だって信じて疑ってなかった。おかしいと思い始めたのは、四年近く経っても、全然俺に似てこなかったからだ。よくよく見てみると、目なんかお前にそっくりなんだ。だから、ＤＮＡ検査をした」

「じゃあ――」

智信は、泣き叫んでいる幼子に目を向けた。

「お前のガキだよ。とっとと連れて帰れ！」

いきなり胸ぐらを摑まれた。腹に拳が叩き込まれる。呻《うめ》きながら身体《からだ》を折ると、今度は肘が顔面に飛んだ。続いて股ぐらに蹴りが入る。崩れ落ちる智信を仰向けにすると、顔面への平手打ちが始まった。唇が切れ、鼻血が噴き出した。

殴り疲れたのか、平手打ちが止《や》んだ。朦朧《もうろう》としながら薄く目を開けると、包丁を手にした由加子が背後から近づくのが見えた。

社長が気づき、首を後ろに捻《ひね》る。そこに由加子が包丁を振るう。咄嗟《とっさ》に出た腕を刃が切り裂く。

社長は由加子の手首を掴んだ。立ち上がり、壁に向かって押しながら手に力を込める。たまらず由加子が包丁を落とす。

自分の腕から流れ落ちる血を見て逆上したのか、社長は由加子を床に引きずり倒した。馬乗りになって、拳で顔を殴り始める。幼子が社長の肩に手をかけ、引き剝がそうとする。

そのとき智信は、自分がナイフを持ってきたことを思い出した。ふらつきながら立ち上がり、上着のポケットから取り出す。

「おい!」

胸の前でナイフを構えると、智信は叫んだ。

＊

「あいつは、私に向かってきた。私は刺した。何度も何度も。気がつくと、あいつは死んでいた」

おじいちゃんの顔が苦しげに歪《ゆが》む。

私は目を閉じた。全身が震え始めていた。頭も朦朧としている。

不意に、悪夢に出てくるいくつかのシーンが、頭の中でフラッシュのように瞬いた。

もみ合う人影、悲鳴、物音、怒鳴り声、泣き声、叫び声。

――あれは、四歳の私が実際に見たことだったんだ。

目を開けると、私は大きくひとつ息をついた。

「そのとき――」

おじいちゃんに真っ直ぐ目を向ける。

「私はどうしていたの？　その男を刺したとき、私と女の人は、どうしていたの？」

「由加子は、壁際でお前を胸に抱きかかえてた。お前を守るように、しっかり抱き締めてた」

「そう……」

私はもう一度息をついた。

「でも、私……、覚えてない」

そのときのことは、悪夢で見るだけだ。私の記憶がちゃんと始まるのは、今の両親に引き取られてからだ。

「事件のショックで、あなたは前後の記憶を失くしてしまったみたいなの」

お母さんが、穏やかな口調で言った。

「お医者さんは、覚えていないのなら事件のことは隠しておいたほうがいいかもしれない、っておっしゃっていた」

「お母さんたちが……、私を引き取って育てたってことなのね？」

「二十歳のとき、私は子宮の病気に罹《かか》ってね、子どもができない身体になっていたの。だから、養子をもらおうって話は、結婚したときからお父さんとしてたんだけど……」

「おばあちゃんは反対したでしょう？　お母さんだって――」

おじいちゃんを恨んでたはずだ、と言いかけ、私は言葉を呑み込んだ。悲しい目をして、おじいちゃんがこっちを見ていた。

おばあちゃんとお母さんにとって、私は、家族を捨てて若い女に走ったおじいちゃんが、その女に産ませた子どもだ。しかも、殺人犯の娘なのだ。喜んで引き取ろうとするはずがない。

「そうね」

お母さんは薄く笑った。

「おばあちゃんは、絶対反対だと言ってた。私もそんな気はなかった。でもね……、お父さんといっしょに初めて病院に面会に行ったとき、あなたは、私に向かって笑ったの。事件があってから一度も笑ったことがなかったのに、私を見た途端に笑ったんだって……。血の繋がった肉親のことは本能的にわかるのかもしれないって、お医者さんも看護師さんも驚いてね……。それでお父さんが、引き取ろうって強く言ってくれて……。

子どもには罪はないって——、この子こそ幸せにしてあげないといけないんだって——、おばあちゃんのことも説得してくれて……」

またお父さんだ。お母さんに言いなりの冴えないサラリーマンだとばかり思ってたのに。

お母さんの目から涙が溢れ出した。

「おばあちゃんは、最初はあなたに会おうともしなかった。でも、お父さんが辛抱強く説得してくれて……、あなたもいい子に育ってくれたから……」

手のひらで涙をぬぐい、顔を上げる。

「あなたが養女なのは、いずれ戸籍を見ればわかってしまうことだから、成人したら伝えるつもりだった。でも、本当の両親のことは伏せておくつもりだった。まさかこんな形で全部話すことになるとは、思ってもみなかった」

「全部話すように、お父さんが言ったのよね」

「あなたがおじいちゃんを探し始めたと知ったとき、お父さんは覚悟を決めたみたい。沙和は、勘のいい、好奇心の強い子だから、おじいちゃんを探すのを簡単にあきらめたりしない。いずれおじいちゃんと自分の関係にもたどり着く。だったら、私とおじいちゃんの口からありのままをちゃんと伝えたほうがいいって……。沙和は強い子だから、ちゃんと受けとめられるはずだって」

私は唇を噛んだ。なんだか今すぐお父さんに会いたくなった。

「女の人は、どうなったの？」

ふと思いついて訊いた。

「由加子は……」

おじいちゃんが目を伏せる。

「頭を何度も強く殴られたことと、事件のショックで、完全に記憶を失ってしまった。事件のあと、由加子は十歳ぐらいの子どもの状態に戻ってしまった」

「子どもの状態？」

「めったにないことらしいんだが、そういう症例はたまにあるらしい。由加子は十歳ぐらいの子どもに戻って、そこから人生を生き直すことになった。もちろん、お前を産んだことも覚えていない」

「じゃあ、その人は今どこに――」

そこまで言いかけたとき、突然、電流を通されたような痺《しび》れが背筋を走った。

私は、その屋台に引きつけられた。どうしてかわからないが、そこに並んでいるのがおじいちゃんのキッシュに違いないと思った。でも、私を引きつけたのは、キッシュではなかったのだ。

――血の繋がった肉親のことは本能的にわかるのかもしれないって……。

ついさっき聞いたばかりのお母さんの言葉が、頭の中で再生される。

私が本当に引きつけられたのは——。

「もしかして、屋台の女の人が……」

「そうだ」

ボロボロと涙を流しながら、おじいちゃんがうなずく。

「あれが、由加子だ」

女性の笑顔が脳裏に甦《よみがえ》った。

——どれにしましょう。

明るい声が響く。

私は、意識を失った。

6

小麦粉と塩、バターを、手で押し潰しながらよく混ぜ合わせる。卵を加えて手早くこねたあと、いったん冷蔵庫で休ませ、タルト型に敷き込む。フォークで底に軽く穴を開け、もう一度冷蔵庫に戻して更に休ませる。

キッシュ作りは面倒だ。とにかく時間がかかる。でも、面白い。

ホテルで意識を失ってから、私は三日間京都の病院に入院した。退院したあと、すぐに大阪に戻ろうとしたのだけれど、家族がそれを許さなかった。しばらくの間は、ひとりきりにさせられないと思ったのだろう。心配する気持ちはよくわかる。でも、今まで通り家族と接する自信はなかった。

そこで、お母さんがおばあちゃんの家に移り、私とお父さんが自宅マンションで暮らすという緊急措置がとられることになった。提案したのはお父さんだ。

身内の中でおじいちゃん問題から最も遠い位置にいるのがお父さんだ。私の精神的な負担が一番軽いと考えたのだろう。なかなかいいアイディアだ。

こんなに長い時間お父さんと過ごすのは、幼いとき以来だった。もう一ヶ月以上、私たちは二人きりで暮らしている。今更だが、きちんと向き合って話してみると、お父さんと私は結構気が合った。

何もすることがないので、松本に戻ってから、私は頻繁にキッシュを作るようになった。料理しているときは余計なことを考えずに済むし、「おいしいおいしい」と言って食べてくれるお父さんの顔を見るのが、なんだか楽しかった。

冷蔵庫から出した生地の上にタルト用の重しを載せると、私はそれをオーブンに入れた。焼いている間に具材の準備に取りかかる。

今日入れるのは、茹《ゆ》でたレンコンとほうれん草、それに、香ばしく焼きつけた椎茸と、じっくり炒めた玉ねぎ。味出しのためにドライトマトも加える予定だ。コレステロール値が高いお父さんのことを考えて、肉類は一切入れない。でも、おいしく仕上げる自信はある。

今日は仕事が休みで、お父さんはリビングで新聞を広げている。こっちをちらちらと気にしているのがわかる。

いっしょに暮らし始めて一週間が過ぎた頃、お父さんは、私が入院している間におじいちゃんから直接聞いたことだと前置きし、事件後のことを話してくれた。

おじいちゃんは十年近く服役した。

自分でナイフを用意していたこと、被害者をめった刺しにしていること、さらに本人が殺意を認めていることなどから、正当防衛は認められなかったという。

出所後、おじいちゃんは由加子さんの行方を探した。一年後にようやく見つけ出したとき、由加子さんは、食品会社で梱包の仕事をしながら、小さなアパートでひとり暮らしをしていたという。施設にいる間に中学二年生ぐらいのレベルにまで知能は回復しており、日常生活は何不自由なく送ることができる状態になっていたらしい。

初めてアパートを訪ね、以前の知り合いだと名乗ったとき、おじいちゃんのことはわずかに記憶に残っていたらしく、とても喜んでくれた。自然に付き合いが始まり、やがていっしょに暮らすようになった。おじいちゃんが、おばあちゃんに初めて年賀状を出したのはその頃だ。

京都に引っ越してから自宅の住所を書かなかったのは、年賀状の私の写真を見て、由加子さんが昔のことを思い出すのを怖れたからだという。住所の最後に「管理人室」と入れなかったのは、自宅で年賀状を受け取らないことに、おばあちゃんが不審を抱く可能性を考えたからだ。マンション名だけなら、誰でもそこに住んでいると思い込む。由加子さんといっしょに暮らしていることは、できれば知られたくなかった。

京都に行ったとき、わかったことと、いまだにわからないことがひとつずつある。わかったのは、キッシュの隠し味だ。手づくり市でひとくち齧ったとき、何故かすぐに閃《ひらめ》いた。そこが京都だったからかもしれない。

白味噌だ。

発酵食品のなせる業か、白味噌によって乳製品のくどさが和らぎ、かわりに、奥深い甘みとコクが生まれる。本家本元のフランス人には物足りない味かもしれないが、日本人の舌には合うと思う。

溶いた卵に白味噌を少しずつ溶かし入れ、さらに、牛乳、生クリーム、粉チーズを加え、最後に、塩、コショウで味を調える。これが特製の卵液だ。タルト生地に具材とピザ用チーズを散らし、卵液を注いでオーブンで焼き上げる。

完成までに数時間――。三角形に切り分け、待ちかねた様子のお父さんに出すと、早速手を伸ばした。おいしそうに頬張るお父さんを眺めていると、知らないうちに笑みがこぼれる。人生、どん底に突き落とされたと思っていたのに、ちょっとだけ幸せな気分になる。

私の親は、今のお父さんとお母さん以外に考えられない。おばあちゃんの元の夫なのだから、おじいちゃんはおじいちゃんでいい。由加子さんは私を産んでくれた女性だけど、本人が忘れていることを無理に思い出させる必要はない。

だから今まで通りでいいのだ、と私は自分に言い聞かせていた。でも、すぐに気持ちの整理がつくほど簡単な問題ではない。いつになったら元通りの自分に戻れるのか、今はまだ見当がつかない。

そのことを正直に話すと、

「慌てなくてもいいよ」

口許をティッシュで拭いながらお父さんは言った。

「それに、今まで通りにしようと頑張らなくたっていい。家族に気を遣う必要なんてないんだ。ただ、私もお母さんもおばあちゃんも、それからおじいちゃんも、みんなお前の幸せを願ってる。それだけは忘れないでいてくれ」

「うん」

お父さんの言葉が、何やら胸に沁《し》みた。空になった皿を手に立ち上がると、私はすぐにテーブルに背を向けた。今にも涙がこぼれそうで、それをお父さんに見られたくなかったのだ。改めて、お父さんがお父さんでよかったと思った。

手早く洗い物を済ませると、私は自分の部屋に入った。

家族については、ときが経てば自然に振る舞えるようになる気がしないでもなかった。でも、ときが解決してくれない問題もある。

ベッドに仰向けになり、目を閉じる。私は、いまだにわかっていないことについて考えた。最も重要なことだ。

――本当は誰が金融会社の社長を殺したのか。

悪夢の中では、自分の顔にぬるぬるした液体が降りかかる生々しい感触がある。あれは間違いなく血だ。でも、もし本当におじいちゃんが殺したのなら、あんなふうに顔に血が降りかかったりはしない。

――社長に向かっておじいちゃんが叫ぶ。

――社長が由加子さんから離れ、おじいちゃんに向かっていく。

——おじいちゃんが社長を刺す。絶命するまでめった刺しにする。

——私は壁際で、由加子さんに抱き締められている。

これでは、顔に血は降りかからない。おじいちゃんは嘘をついている。

恐らく、真相はこうだ。

叫び声に振り返った社長は、おじいちゃんの手にナイフが握られているのを見る。いかに屈強な男でも、敵の手に武器があれば、素手で向かっていくことはしないだろう。では、社長はどうしたか。由加子さんの手から離れて床に落ちている包丁を拾おうとしたはずだ。しかし、拾わせてはいけないと、由加子さんは咄嗟に考えただろう。

由加子さんは社長より先に包丁を手にし、それを振り回した。包丁の刃は、社長の喉を切り裂いたのではないか。だから血が噴き出した。そして、私の顔に降りかかった。

これなら筋が通る。

でも、もうひとつ可能性がある。

由加子さんが包丁に手を伸ばす。それを社長が止めようとする。二人がもみ合いになる。もし社長の手に包丁が渡れば、由加子さんの命が危ない。

——母を守るために。

実の母を守るために、私は包丁を握った。それを見て社長が向かってくる。恐怖のあまり、私は無我夢中で腕を振る。刃が社長の喉を切り裂く。

社長を殺したのは、由加子さんか私のどちらかだ。おじいちゃんは、二人のどちらかの罪を被るために、自分のナイフと包丁の両方を使って、社長をめった刺しにしたのだ。それが真相だ。

落ち着いたらもう一度話したいと思っていたのに、おじいちゃんは由加子さんといっしょに、いつの間にか姿を消してしまった。私の人生を引っ掻き回しておいて、断わりもなくいなくなるなんて、信じられない。冗談じゃない。

おかげで、真実は闇の中だ。それを探り当てることは、キッシュの隠し味よりはるかに難しい。

とはいえ、今、私はおじいちゃんを追及するつもりはない。

元の自分を取り戻し、お父さん、お母さん、それにおばあちゃんとの関係を築き直す——。それが最優先事項だ。今の私にとって、何よりも大切なことだと思う。

でも、もし将来、本当のことを知りたいと思ったら、自分の気持ちに素直に従うまでだ。

そのときは、絶対にまた探し出してやる。

逃げても無駄だぞ、おじいちゃん。

解説　京を読む

あさのあつこ（小説家）

大石直紀《おおいしなおき》の作品を初めて読んだのは、もう三年以上前のことだ。手元に届いた「小説宝石」を何となくぱらぱらとめくっていた。余談になるかもしれないが、いや、確実に余談なのだが、わたしは小説誌のぱらぱら読みが好きなのだ。ぱらぱらページを繰《く》りながら、ふっと琴線《きんせん》に触れた作品を拾い読みする。琴線に触れるのが作者名だったり、タイトルだったり、イラストだったりとそのときそのときで違ってくるのだが、むろん、当たり外れがある。クジ引きと同じだ（違う気もする）。小説のおもしろいおもしろくないは、極めて個人的な感性による。わたしの当たりが、誰かの大外れ、またはその逆があったりするから楽しい。「あの小説、最高におもしろいよね」「うん、最高傑作。何度読んでも新しい発見がある」、やや興奮した口振りで、読後感を共有できるのも楽しい。

大石直紀の作品にはまずタイトルに惹《ひ》かれた（ここから、本題に戻りました）。「おばあちゃんといっしょ」。うん？　といった感じである。華麗でもかっこよくもない。洒《しゃ》落《れ》てもいないし捻《ひね》りもきいていない。ぜんぶ平仮名で「おばあちゃんといっしょ」、だって。

わたしでなくても、なんだこれは？　と首を捻り、捻った後に中を覗きたくなるに違いない。と、断言はできない。わたし個人とすれば、首を捻りつつ、心惹かれて、ページをめくってしまったのだ。

なんだこれは？

読み終えても、同じ言葉が脳裡《のうり》を巡った。ただし、まるで違う色合いで。

おばあちゃんは詐欺師だった。

この一文で始まる物語は、平明でありながら美しく柔《やわ》らかく味のある文章で綴られていく。『二十年目の桜疎水』という短編集の舞台となった街の、上等な和菓子のようだ。しかし、文章の美しさや柔らかさに騙《だま》されて（いや別に大石さんが読者を騙そうとしているわけではないのだろうが）、これは結局、あれこれあっても最後に美しく柔らかなゴールが用意されている、つまり、安心して閉じられる物語だなどと思ってはいけない。なんだこれは？　なのだから。

孫と祖母の詐欺師の話、ものすごく単純化して言えばそうなのだが、まんまと詐欺の手口に引っ掛かるのは、物語内の人物だけではない。わたしたち読み手も同じだ。それはもう、鮮やかに騙されてしまう(あ、大石さん、やっぱり騙してるんだ)。あまりに鮮やかなものだから読み終えてすぐには、なんだこれは? としか呟《つぶや》けない。暫《しばら》くの間、物語の余韻に浸り、騙されたままでは悔しいからと読み返す。結末は知っている。知っているとは、つまり、知らないときとは別の視点を手に入れることだ。で、その視点を頼りにしつつじっくりと読み返す。

ふふ、大石め、今度は逃がさねえぜ。手口はわかってんだ二度と騙されるもんか。などと呟きはしないけれど、意地悪な心持で美しく柔らかな文章を追う。

くそっと思う。この文章が曲者《くせもの》で、〝読む〟という行為の快感を存分に味わわせてくれるのだ。日本語の持つ独特の響きや表現、わたしたちの日常語の生き生きとしたリズム、一流の文章だから伝わる機微……知らぬ間に釣り込まれ、吸い込まれ、巻き込まれてしまう。

読み終えて、再びくそっと思うのだ。

ここが伏線だったのか。あのどんでん返しはこの細い一本から既に仕込まれていたのか。そして、それがこんなところに繋がって、こんがらがったようでいて、実は見事な紋様を織り上げていたのか。

一度目とはまた違う感慨を覚えてしまう。読み返すたびに、異なる世界を見せてくれる。触れさせてくれる。読ませてくれる。そんな一篇だった。

「おばあちゃんといっしょ」が第六九回日本推理作家協会賞短編部門で受賞したと知ったときも、よかったなとは思ったけれど、各段、驚きはしなかった。当然だ。さすがに選考委員の方々は騙されなかったんだな。この作品の魅力も可能性も、確かに見抜けたんだな。と、ちょっと偉そうに考えただけだ。贔屓《ひいき》のアイドルがメジャーな賞を獲得したと喜ぶファン心理に近かったかもしれない。

ともかく「おばあちゃんといっしょ」以降、わたしの中で大石直紀という作家は特別な存在になった。本人はどうでもいいが（ごめんなさい）、作品から目が離せなくなったのだ。その短編が「小説宝石」に載るたびに嬉しくて、わくわくしながら読み耽《ふけ》った。作品に恋をしたのだと思う。十代の初々《ういうい》しい少女のように頰を赤らめて（我ながら気持ち悪い）、わたしは大石作品を読んだ。

「おみくじ占いにご用心」「二十年目の桜疎水」「仏像は二度笑う」「お地蔵様に見られてる」。全て小説誌の掲載時に読んだ。「おじいちゃんを探せ」だけは、どうしたことか読み落としている。信じられない。わたしに何があったのだろう。病の床に臥《ふ》していたのだろうか。しかし、ここ十年鼻風邪ぐらいしか罹《かか》っていない。鼻風邪ぐらいなら、絶対に、大石作品を見落とすはずがないのだが。

これも小さなミステリーだ（他人にも大石さんにも、どうでもいいミステリーだ）。「おじいちゃんを探せ」はせつない物語だった。そのせつなさが、謎を解く鍵になる。

主人公沙和に沿って謎を追っていると、最後にこのせつなさにとんとぶつかる。せつなさに浸ってぼんやりしていると、さらに一捻りが加わり思いがけない展開となる。自分なりに摑んだつもりのラストがするりと反転して、別の貌《かお》になる。

まったくもって、大石直紀は厄介な作家だ。ため息が出る。

「二十年目の桜疏水」のどんでん返しも見事だった。悲劇が二転三転し、小さな幸せの物語に変わる。かといって、〝ほのぼのとしたいいお話〟の範疇《はんちゅう》に納まったりはしない。そんなヤワな作品ではない。

人を愛するとは、他者と生きるとは、誰かを求めるとは、あるいは失うとは、謎に彩《いろど》られつつ、読み手に静かに問うてくるのだ。それは「仏像は二度笑う」でも同じだ。人の生き直しの道を、作者自身が手探りしながら生きている。そう思わせられるだけの熱さと深さがあった。もっとも、作者は稀代《きたい》の詐欺師だ。どう生きているかなんて窺えない。読者が勝手に感じるだけだろう。「おみくじ占いにご用心」も「お地蔵様に見られてる」も、人の生の手応えがずしりと伝わってくる。前者はどことなくユーモアを含み、後者は必死に生きる人たちへのエールを色濃く漂わせて、しかし、やはり上質のミステリー作品として立っている。

そして、六篇全ての陰の主役は、京都という街だ。古都の空気、風、風景、匂い、人々の息吹、そして言葉と心意気。それが全て作品を支えている。形作っている。他の舞台など考えられない。それほど作品と一体化しているのだ。

ああ、そうか。

この美しさも柔らかさも、京都が育《はぐく》んできたものなのだ。

謎の一つを解明した気分になる。

できれば、物語の季節や場所に合わせ、『二十年目の桜疎水』を手に京都を歩いてみたい。これらの物語の生まれた場所を辿りながら、ふっと空を仰ぎ見る。

そういう旅をしてみたい。

本書は二〇一七年三月、光文社より刊行されました。
※この作品はフィクションであり、実在する人物・団体・事件などには一切関係がありません。

○初出
おばあちゃんといっしょ　「小説宝石」二〇一五年一二月号
お地蔵様に見られてる　「宝石　ザ　ミステリー Blue」二〇一六年一二月刊
二十年目の桜疎水　「小説宝石」二〇一六年八月号
おみくじ占いにご用心　「小説宝石」二〇一六年五月号
仏像は二度笑う　「宝石　ザ　ミステリー Red」二〇一六年八月刊
おじいちゃんを探せ　「小説宝石」二〇一六年一二月号

光文社文庫

二十年目《にじゅうねんめ》の桜疏水《さくらそすい》

著　者　大《おお》　石《いし》　直《なお》　紀《き》

2019年9月20日　初版1刷発行
2020年11月10日　2刷発行

発行者　鈴　木　広　和
印　刷　堀　内　印　刷
製　本　榎　本　製　本

発行所　株式会社　光　文　社
〒112-8011　東京都文京区音羽1-16-6
電話（03）5395-8149　編　集　部
8116　書籍販売部
8125　業　務　部

ISBN978-4-334-77902-3　Printed in Japan

組版　萩原印刷